文春文庫

寄残花恋《のこりはなよするこい》

酔いどれ小籐次（三）決定版

佐伯泰英

文藝春秋

目次

主な登場人物

赤目小籐次《あかめことうじ》　元豊後森藩江戸下屋敷の厩番。藩主の恥辱を雪ぐため藩を辞し、大名四家の大名行列を襲って御鑓先を奪い取る騒ぎを起こす（御鑓拝借）。来島水軍流の達人にして、無類の酒好き

久留島通嘉《くるしまみちひろ》　豊後森藩藩主

久慈屋昌右衛門　芝口橋北詰めに店を構える紙問屋の主

観右衛門　久慈屋の大番頭

長倉実高　甲府勤番支配

青山忠裕　丹波篠山藩藩主にして、幕府老中

おしん　青山直轄の密偵

秀次　南町奉行所の岡っ引き。難波橋の親分

勝五郎　新兵衛長屋に暮らす、小籐次の隣人。読売屋の下請け版木職人。女房はおきみ

うづ　平井村から舟で深川蛤町裏河岸に通う野菜売り

おさき　富岡八幡宮門前の料理茶屋・歌仙楼の女将

梅五郎　浅草寺御用達の畳職備前屋の親方

水野監物　大身旗本、大御番頭

おりょう　水野監物の下屋敷奥女中。歌人・北村季吟の血筋

姉川右門　肥前佐賀藩江戸屋敷御頭人

伊丹唐之丞　肥前小城藩江戸屋敷中小姓

寄残花恋《のこりはなよするこい》

酔いどれ小籐次㈢決定版

第一章　柳沢峠越え

一

文化十四年（一八一七）の晩秋、武蔵国から甲斐国に向う街道を、一人の老武芸者が竹杖を頼りに歩いていた。

五尺余の小さな体には無数の刀傷があった。

左肩を布で固定し、左腕は布で首から吊っていた。

鬢《びん》にも斬り傷が見られ、瘡蓋《かさぶた》ができかけていた。

丹波《たば》川沿いの渓谷は錦繍《きんしゅう》に彩られ、眩《まぶ》しくも赤い光が老武芸者の髭《ひげ》だらけの顔を射た。

その背には風呂敷包みの重たげなものが負われていた。

赤目小籐次《あかめことうじ》が、肥前小城《おぎ》藩の能見一族十三人の刺客《しかく》と武蔵国小金井村で死闘を演じてから、およそ十日が過ぎていた。

自ら玉川上水の流れに身を投じた小籐次は半里下流で木の根に摑《つか》まり、よろめくように街道に出た。そこまでは意識がはっきりしていたが、その後の記憶は定かではなかった。

意識が戻ったときには、破《や》れ寺の床下に転がり込んでいた。無意識のうちに止血したか、着物の袖が引きちぎられ、左の肩と腕に巻かれていた。

床下から這《は》い出ると、武蔵国多摩郡上石原にある寺ということが分った。

夕暮れの刻限だ。

小籐次は持ち物を点検した。

備中国次直《びっちゅうのくにつぐなお》が鍛造した一剣だけが腰にあった。脇差《わきざし》は戦いの中で抛《なげう》ち、失っていた。懐にはなけなしの金子《きんす》一両二分一朱と銭が何十文かあった。

(よし)

と心の中で呟《つぶや》いた小籐次は戦いの場へと戻り始めた。

だが、肩は痛み、腰にも足にも力が入らなかった。数町もよろめき歩いたとき、崖っぷちに竹藪《たけやぶ》があった。

小籐次は竹藪に入り込むと次直を抜き、手頃な太さの竹を切り、五尺余の杖を作った。それに縋《すが》るように歩いていくと、村の辻《つじ》に何軒かの店が軒を連ね、その一軒から、

ぷーん

と酒の香が漂ってきた。

小籐次はふらふらと店の中に入っていった。

番頭と裁《た》っ付《つ》け袴《ばかま》の年寄りが話していたが、凝然《ぎょうぜん》として老武芸者を見た。

「すまぬ。一升枡《ます》で酒をくれぬか」

二人は小籐次の異相を、驚きの隠せぬ表情で見ていた。

禿《は》げ上がった額に大目玉、団子鼻に両の耳たぶも大きかった。それに無精髭が生えていた。

「銭ならある」

竹杖に縋るようにして懐から縞の財布を引き出し、一朱を差し出した。すると、鬚面《ひげづら》に邪気のない必死さが漂った。

「一升枡で酒を飲まれますので」

「おおっ、手っ取り早かろう」

番頭はしばらく見ていたが、一朱を掴むと急いで酒樽《さかだる》の口に一升枡を差し出した。栓が抜かれ、さらに酒の香が漂った。

「お侍、怪我《けが》をしていなさるか」

年寄りが小籐次に聞いた。

「ちと仔細《しさい》があってな」

と答える鼻先に、お待ちどお、と番頭が一升枡を差し出した。

「おお、有り難い」

杖に身を預けた小籐次は両手で枡酒を受け取り、

「わしのなによりの薬でな」

と呟くと、くんくん匂いを嗅《か》ぎ、香りを慈《いつく》しむように愛《め》でた。そして、ゆっくりと枡の角に口を付け、

ごくりごくり

と喉《のど》を鳴らして一気に飲み干した。

ふーう

と息を吐いた小籐次が、

「甘露《かんろ》甘露、もう一献《いっこん》頂こう」

と空の枡を差し出した。

「お侍、おまえ様は」

と年寄りが唖然《あぜん》とした顔を向けた。

「体に障りませぬか」

「なんのなんの。最前も申したが、これがわしの薬にござる。この春には三升入りの大杯で五杯飲み干したこともある」

酒屋の番頭が、

「一斗五升もですか。途方もない話で」

「上には上がおられてな。芝口の鯉屋利兵衛《こいやりへえ》どのは三升入りを六杯半も飲み干された」

「呆《あき》れた」

と言いながらも、番頭が新たに一升を注《つ》いでくれた。

小籐次は味を楽しむように悠然と飲んだ。

「馳走になった。代は足りるか」

「足りるもなにも、えらい見物をさせてもらいました」

「さらばじゃ」

小籐次は店を出ると再び杖に縋り、小金井橋へと歩き出した。ものの一町も歩いたか、肩の痛みはわずかに軽くなっていた。

「お侍」

背から声がして、酒屋にいた年寄りが追ってきた。

「おまえ様は、戦いの場所に戻られようというおつもりか」

小籐次は夕暮れの明かりの中で老人を見返した。

「承知か」

「承知もなにも、この界隈《かいわい》では大騒動でございますよ。おまえ様ですな、肥前小城藩の十三人を向こうに回して勝ちを収められた御仁《ごじん》は」

小籐次は小さく頷《うなず》いた。

「江戸から大目付支配下の役人らが騎馬で駆け付ける、代官所の役人も走り回る。その上、小城藩でもご家来衆を出されて、死体を収容し、おまえ様の行方を追っておられる。そんなところに戻られるおつもりか」

「生計《たつき》の道具を騒ぎの場所近くに隠しておって、取りに戻らねばならぬ」

「およしなされ、命あっての物種です。途方もない戦いを制せられたお命、大切にしなされ」

「とは申されてものう」

「ともかく、二、三日はあの場に近付かぬことです」

と言った老人が、

「この村の差配を致します庄屋の甚兵衛です。うちにしばらく身を隠していられませぬか」

「迷惑が掛かろう」

「経緯《いきさつ》は存じませぬ。ですが、十三人もの侍を一人で制せられた御仁は古今東西聞いたこともない。天から授けられた命を粗末にしてはいけませぬ。屋敷に参られれば、怪我の治療もできます」

甚兵衛は重ねて忠告し、屋敷に誘《いざな》った。

「世話になってよいかのう」

「甚兵衛に二言《にごん》はございませぬ」

「それがし、赤目小籐次と申す」

小籐次は名乗りながら、酒屋の方角を振り返った。

「酒屋の番頭には口止めして参りました。ご心配はいりませぬ」

「いや、そうではない。今一、二升飲んでおくのだったと悔やんでおるところだ」

「呆れた」

と言った甚兵衛が、

「怪我の手当てが済みましたら、酒は飲み放題にございます」

「相すまぬ。厄介《やっかい》になる」

小籐次は長屋門のある甚兵衛の屋敷に連れていかれ、蔵屋敷に身を潜めることになった。すぐに、怪我の治療なら人でも家畜でもなんでもするという医師が呼ばれ、左肩と腕、鬢の治療が施された。

「庄屋様、このお人は牛馬より精が強そうじゃあ。われの手当てなど要らぬな」

と言葉を残して医師が帰っていった。

その後、甚兵衛は約束どおり、酒を樽ごと蔵屋敷に運び込ませた。

「赤目様、そなたに酒をうんぬんしてもしようがありますまい。好きなだけ飲んでお休みなされ」

「甚兵衛どの、馳走になる」

小籐次は朱塗りの大杯に三杯飲んで、
こてり

と横になった。

それから三日三晩眠り呆《ほう》けた。

なにかの騒ぎに小籐次は目を覚ました。耳を澄ますと代官所の役人か、

「赤目小籐次と申す侍が、この界隈に出没したという者がある。庄屋どののところに立ち寄ってはおらぬか」

と言う声がした。

蔵屋敷の戸から外を覗《のぞ》くと、昼下がりの刻限のようだ。

長屋門の前で甚兵衛が、

「いえ、この村に立ち入りますれば、直《す》ぐに代官所にお知らせします」

と役人に応じていた。

（どうやら引き上げる潮時じゃな）

と考えた小籐次は肩をぐるぐる回してみた。引き攣《つ》るような痛みはあるが、数日前とは大違いだった。

手早く身仕度をした小籐次は、未だ枕元に置かれていた酒樽から大杯で二杯飲み干し、母屋に向って一礼した。

甚兵衛に礼をしたつもりだ。

蔵屋敷をそっと抜け出した小籐次は、屋敷の背後に広がる雑木林に身を潜めた。

行動を起こしたのは夜に入ってのことだ。

小金井村を流れる玉川上水の上流に位置する街道の地蔵堂に、生計の道具の砥《と》石《いし》が布に包んで隠してあった。どこに行こうと暮らしを立てねばならなかった。そのための道具が砥石だった。

小籐次は真っ暗な野道を進んでいった。だが、無闇に歩いているのではない。夜空の星を頼りに玉川上水に出ようとしていた。

赤目家は代々豊後《ぶんご》森藩一万二千五百石の江戸下屋敷勤めの奉公人。体《てい》よく言えば徒士《かち》、役目は厩番《うまやばん》を務めてきた。俸給は三両一人扶持《ぶち》、お店《たな》奉公の女中以下の給金だ。

豊後森藩久留島家は、元々伊予来島《くるしま》の河野水軍の一翼を担った家系来島家の出だ。だが、関ヶ原の大戦に西軍について敗軍となった。廃絶を覚悟した来島一族の末裔《まつえい》を不憫《ふびん》に思った福島正則《まさのり》の執り成しで、領地の、

「海を捨て山中の藩」

へと移封された。

小籐次は父から来島水軍流なる世に知られぬ剣を、幼い頃から叩《たた》き込まれた。

伊予の水軍が、足元が不安定な船上の戦で使う剣だ。その折、海人《あま》の水軍が夜でも方向が定められるという天文を教わった。

それが小籐次に足を運ばせていた。

庄屋甚兵衛の屋敷裏の雑木林を出て、二刻（四時間）、玉川上水にぶつかった。

星明かりを頼りに小籐次は玉川上水のどの辺りか見当をつけ、流れの上流へと進んだ。すると七、八日前、大事な生計の道具を隠した地蔵堂を見付けた。流れと街道の間に小さな境内《けいだい》が広がり、その北側に祠《ほこら》があった。

（やれ、一安心じゃ）

と小籐次が考えたとき、五体に電撃が奔《はし》った。

何者かが待ち受けていた。

（しまった。甚兵衛どのの忠告を聞くのであった）

と思ったが、もはや相手も気付いていた。

砥石は諦《あきら》めた。逃げることができようかと考えながら竹杖に身を組らせて、待ち受ける相手方の人数を読んだ。

（なんと相手は一人か）

肥前小城藩の追っ手なれば一人ということはあるまい。だが、代官所の役人とも思えない。

そろり

と境内に足を踏み入れた。

「赤目小籐次、やはり生きておったか」

その声が地蔵堂から響いた。

「そなたは」

「そなたが戦いし者どもに関わりある者とだけ申しておこう」

「それがしと能見赤麻呂どの、能見十左衛門どのら十三人とは、尋常の果たし合いをなしたまで。勝敗は時の運にござれば、追っ手を受ける謂《いわ》れはござらぬ」

「言うな、下郎！」

あくまで相手の声は沈着だった。

「肥前では生まれながらにして、山本常朝《じょうちょう》様の教え『葉隠』の精神《こころ》によって武門の子弟は律せられ、育てられる。そなたは小城藩を敵に回した。ということは『三家格式』で繋《つな》がる佐賀本藩三十五万七千石を敵に回したということ」

「お待ち下され。それがし、肥前佐賀藩の鍋島家江戸屋敷御頭人（留守居役）姉《あね》川右門《がわうもん》様にお目にかかり、一連の騒ぎ、本藩は迷惑によって収束させたき旨《むね》を、とくと申し聞かされた」

　姉川との仲介をしてくれたのは、江戸での小籐次の後見人ともいうべき、紙問屋の主《あるじ》、久慈《くじ》屋昌右衛門《まさえもん》であった。姉川は小籐次に、

「小城藩の家臣の一部がそなたを付け狙う理由は武門の意地であろう。肥前の鍋島一族は葉隠と申す武士の心構えを大事にする土地柄でござってな。とは申せ、それがし、この行動を推奨しておるのではない。この時代、江戸で騒ぎを起こせば、いかなることに相なるか。長年、佐賀藩の留守居役を務めるそれがしは推察がつく。なんとしても能見一家眷属《けんぞく》のそなたへの報復を止める途《みち》はないかと考え、久慈屋の誘いに乗った」

　と佐賀本藩の考えを述べたのだ。

　だが、姉川の苦労も無駄に終わった。

　小籐次は能見一族十三人と戦い、勝ちを収めた。そのことが佐賀本藩に行動を起こさせたというのか。

「江戸で茶屋酒に酔い痴《し》れる御頭人などになにが分ろう。赤目小籐次、今や肥前一国、鍋島一族すべてを敵に回したと知れ。そなたが生きてあるかぎり、安住の地はない」

地蔵堂の扉が開いた。

月明かりに、革の袖無し羽織に裁っ付け袴、足元は厳重な武者拵《ごしら》え、五尺八、九寸余、がっちりとした体格の武芸者が姿を見せた。

もはや逃げることは敵《かな》わなかった。

「貴殿のお名前を伺おうか。名無しで骸《むくろ》を晒《さら》しては土地の方も始末に困ろう」

「下郎、戦《いくさ》上手よのう。挑発には乗らぬ」

「流儀も伺えませぬかな」

「下郎、よしんばわしを斃《たお》したところで、そなたには二番手、三番手の追っ手がかかるだけのことよ。もっともその要はない」

と言いながら地蔵堂の階段をゆっくりと下りてきた。

その挙動は自信に満ち満ちていた。

間合いは七、八間。

小籐次は竹杖に縋った上体を起こし、右手だけで支えて身を立てた。

左肩の布と、首から腕を吊った布を外した。

相手は四間まで間合いを詰めて、剣を抜いた。

刃渡り二尺七寸は超えていようという業物《わざもの》だ。

正眼に構え、さらに間合いをじりじりと詰めてきた。

業物の切っ先がゆっくりと天頂へと迫《せ》り上がっていく。

間合い二間。

小籐次は動かない。

無風の船上で戦の時を待ち受ける船人のように、ただ竹杖を支えに立っていた
小籐次の腰が沈降を始めた。

五尺一寸（一五三センチ）の矮軀《わいく》の足が蟹《かに》のようにじりじりと横へ広げられ、さらに姿勢を低めて、竹杖だけが墓標のように突き立っていた。

その間も相手の切っ先が夜空へと上げられ、ほぼ六尺に近い五体の上に垂直に立てられた。

そのとき、小籐次の体は竹杖を支えに矮軀の半分ほどに姿勢を低めていた。

「下郎、命はもらった！」

宣告の叫びとともに、相手が最後の間合いを詰めてきた。

えええいっ！

虚空《こくう》へと高々と飛翔するや、垂直に立てられた業物が弧を描いて、小籐次の脳天に落ちてきた。

小籐次の体が尻餅《しりもち》をついて、ぺたりと落ちた。

糸の切れたあやつり人形のように腰を落とした小籐次の背が、さらに地面へと仰向《あおむ》けに倒れていった。

ぎくしゃくとした動きはなんとも滑稽《こっけい》に見えた。

沈み込む小籐次の上体と連動して虚空に撥《は》ねた足が、相手の間合いを狂わせていた。

「おのれ!」

相手が業物の剣と一緒に落下してきた。

切っ先が小籐次の面に迫った。

その瞬間、小籐次の竹杖の先端が機敏に動いて、虚空から伸《の》し掛かるように斬り込んできた喉笛を突き破り、立てられた足が相手の体を乗せて飛ばした。

ぱあっ

と血飛沫《ちしぶき》が虚空に飛んだ。

小籐次の体が、

ごろり

と横になり、今まで小籐次が寝そべっていた頭の辺りに巨体が、

どたり
と落ちてきた。
小籐次が立ち上がった。
喉元を深く突き破られた相手は痙攣《けいれん》を始めていた。その胸中に、
(お、恐るべし、赤目小籐次)
という言葉が浮かんだ。

二

名も流儀も名乗ろうとしなかった武芸者を斃した小籐次は地蔵堂に入り、砥石の包みを探し当てた。それを背に負い、地蔵堂を出た。

辺りに血の臭《にお》いが漂い、佐賀本藩のだれから放たれたか、刺客が長々と横たわっていた。

はっきりしたことは、生涯、小籐次が追われる立場に陥ったということだ。

肥前鍋島四家を向こうに回し、小籐次の戦いは続くことになる。

(まず怪我を治すことだ)

そのためには、少しでも戦いの場から離れる必要があった。

小籐次は武芸者に歩み寄り、合掌すると腰の脇差を抜き取った。黒塗り漆《うるし》拵えの立派な脇差だ。

それを腰帯に差し込んだ。

「そなたにはもはや無用のものにござろう。それがしが生き抜くために頂戴いたす」

と許しを乞うと、玉川上水の流れに沿って上流へ上流へと上がってきたところだ。

小籐次は流れの縁で足を休めた。

すでに丹波の集落を過ぎて、武蔵国から甲斐国へと入っていた。

二つの流れ、一之瀬川と柳沢川が縒《よ》り合わさるように一つになる峡谷を見下ろすと、紅葉の間に切り立った岩を激しく食《は》む流れがあった。

この峡谷、銚子滝と土地の者は呼ぶ。だが、今一つ、

「花魁淵《おいらんぶち》」

とも称されていた。

戦国の御世《みよ》、武田氏が金山の採掘をしていた折、この地は、

「黒川千軒《せんげん》」

と呼ばれて栄え、鉱夫相手の女郎たちがいた。

甲州金を産した黒川鉱山が閉山の折、女郎五十五人は吊り舞台で踊らされている最中に口封じのために舞台ごと渓谷に切り落とされ、溺《おぼ》れ死んだという伝説を持つ。

だが、小籐次がそのような言い伝えを知る由《よし》もない。

岩清水で喉の渇きを癒《いや》した小籐次は、再び杖に縋って歩き出した。

柳沢川沿いの峠道は、青梅《おうめ》から塩山《えんざん》に抜ける甲州道中の脇街道の一つだ。その道幅は人ひとりがようやくすれ違えるほどのものだ。

鬱蒼《うっそう》たる紅葉の葉叢《はむら》から差す光具合から、昼下がり八つ（午後二時）前後と知れた。

小籐次は昨夜《ゆうべ》、青梅宿外れの寺の軒先に仮眠し、未明七つ（午前四時）前には出立していた。

この日のうちに、なんとか四千八百尺余の柳沢峠を越えて、甲斐の塩山に下りたいと考えていた。だが、杖に縋る無理な姿勢が腰と足を疲労させていた。

行く手から胴乱がかたかたと鳴る音がして、飛脚が飛ぶように下りてきた。

小籐次は峠道のかたわらに身を寄せて飛脚を通した。

「有り難うよ」

の声がしたとき、飛脚はすでに半町先を駆け下っていた。さらに馬子《まご》が荷駄を積んで下ってきた。

再び道のかたわらに身を避《よ》けた小籐次は、

「馬子どの、塩山までどれほどかかろうか」

と聞いた。

「お侍、その体で峠越えか」

「今日中には無理かのう」

「まんず峠の小屋に辿《たど》り着くのが一難儀かのう」

「峠までどれほどか」

「その体なれば一刻（二時間）、いや、一刻半（三時間）かのう」

日没と競争になりそうだ。

小籐次は息を整えると、杖に縋り直した。

秋の日は釣瓶《つるべ》落としの喩《たと》えどおり、辺りには薄闇が刻々と迫ってきた。

小籐次はひたすら杖を動かし、足を運んだ。

(野宿か)

と覚悟したとき、背後から荒く弾む息とともに足音が迫ってきた。

この刻限、小籐次の他にも峠越えを試みようとする旅人がいた。

小籐次は足を止めて振り返った。すると黄昏《たそがれ》の光に菅笠《すげがさ》を被《かぶ》り、黒帯を前結びにした女が顔を上げて、小籐次を見返した。

手には風呂敷包みを抱えている。

「おまえ様も峠越えかえ」

「さよう。だが、峠までは辿り着けそうにない。先に行かれよ」

と小籐次が応じると、

「お先に」

という言葉を残し、かたわらを擦り抜けた。

年の頃は二十三、四か。浅黒い肌が難点とはいえ、美貌の持ち主であった。

どうやら風呂敷包みの中身は梓弓《あずさゆみ》のようだ。口寄《くちよせ》、市子《いちこ》であろうか。

香の匂いを漂い残した女は五、六間進んで振り向いた。

「お侍さん、湯治かえ」

「湯治とな。この山中に湯が湧《わ》くのか」

「峠越えしたところに名もない湯宿があるよ。信玄公の隠し湯とかいうがねえ」

「知らなんだ。わしは甲斐国へと抜けようと思うただけだ」

「どうやらお侍さんも尋常の人ではなさそうだ」

女は弾む息を整えるつもりか峠道に立ち止まり、手拭《てぬぐい》で額の汗を拭った。

「そなた、この峠を存じておるか」

「これまでに何度か往来しましたよ」

「峠までどれほどか」

「女の足でも四半刻《しはんとき》（三十分）あれば辿り着くさ」

と答えた女は、

「旅は道連れというよ。道案内してやろうか」

と言い出した。

「足手纏《まと》いにならぬか」

「先は見えていらあ。なんとかなるさ」

江戸暮らしをした様子の女は伝法《でんぼう》な言葉遣いで、

「ゆっくりいくからね。付いておいでな」

と先に立った。

小籐次は女の言葉に元気を得て、再び山道を登り始めた。

「お侍さん、怪我は斬り傷のようだねえ。なんぞ曰《いわ》くがありそうだ」

「そなたもかような刻限に脇街道の峠越えとは曰くがありそうだな」

「曰くがない者はないさ」

「もっともだ。そなた、江戸者か」

「江戸は浅草寺《せんそうじ》裏聖天町《しょうでん》の裏長屋に住むおしんさ。よろしくね」

「わしは芝口新町の新兵衛長屋に厄介になっておった赤目小籐次、研ぎ屋が生業だ。昵懇《じっこん》に頼む」

「研ぎ屋だって。その旦那がなんで刀傷なんぞを」

と言いかけたおしんが足を止め、振り返った。

「赤目小籐次様とは、丸亀藩をはじめ大名四家の行列を襲い、御鑓拝借《おやりはいしゃく》をなされた、あのお方ですか」

おしんの口調が急に丁寧になっていた。

「名を名乗った以上、隠《おお》し果せぬな。それにしてもよう存じておるな」

「なにを暢気《のんき》なことを仰《おつしや》っておられるんです。読売にあれほど書かれたんですよ、江戸じゅうが赤目様の名を承知ですよ」

「己が招いた因果とはいえ、世間が狭うなったわ」

おしんがまた足を運び始め、

「あの折の怪我ですか」

「春先の騒ぎの怪我は治った。だが、それが因《もと》で刺客に追われる身となった」

暮れ泥《なず》む峠道で出会った徒然《つれづれ》が、小籐次の口を開かせていた。

「えらい人と道連れになったもんですよ」

とおしんが笑った。

「おしんとやら、迷惑ならば先に進まれよ」

「互いに江戸の裏長屋住まい、袖振り合うも他生《たしょう》の縁さ。これで邪険《じゃけん》にしたら、江戸っ子の面汚しですよ。峠はもう少しだ、精を出して登って下さいな」

おしんに励まされ、力づけられながら、小籐次は柳沢峠の頂に辿り着いた。

「どうやら屋根の下に泊まれそうですよ、赤目様」

おしんの言葉に小籐次は礼を言おうと顔を上げた。するとその視界に、夕暮れの光を浴びた赤富士が飛び込んできた。

「おおっ、これは」

小籐次は痛みも疲れも忘れて、赤く濁り始めた富士を仰ぎ、思わず合掌していた。

峠では、額に吹き付ける風がもう冬の気配を見せて冷たかった。

「赤目様、体が冷えますよ」

おしんの声に振り向いた小籐次は、

「おしん、そなたのお蔭で思わぬものを見せてもろうた」

「この峠を越える者ならだれでも富士を仰げますよ」

「いや、そうではない。かような赤富士にお目にかかることなど、生涯のうちでそうあるものではない。眼福であった」

小籐次が再び富士を仰ぐと、すでに黒く沈んで、先ほどまでの秀麗にして荘厳な気配を消していた。

「手足を洗って小屋に参りましょう」

おしんは、岩清水が湧き出る洗い場に小籐次を連れていった。

二人は、冷たい清水に浸して固く絞った手拭で手足と顔の汗を拭いた。

「何度も峠越えはしたけど、小屋に泊まるのは初めてですよ」

とおしんがちょっと不安そうな声を上げ、

「赤目様と一緒なら安心か」

と言いながら、御免なさいと山小屋の扉を押し開けた。おしんと小籐次の目に、燃え盛る囲炉裏《いろり》の火が映じた。

その周りに五、六人の旅人がいた。自在鉤《じざいかぎ》に鉄鍋がかかり、湯気を上げている。茶碗で酒を飲んでいる者もいた。

「二人連れですが、ご厄介になります」

土間にいた親父が、おしんと小籐次を振り向き、

「女連れに怪我人で、ようも峠まで辿り着けたな」

と驚きの顔をした。

「這々《ほうほう》の体で辿り着いた。一時は野宿を覚悟したがな」

小籐次は、途中山道で会ったおしんに励まされて辿り着いたとは言わなかった。街道の旅籠《はたご》は女の一人旅を嫌った。おしんがそのことを考えて、二人連れと言った以上、その振りをするのが礼儀と考えたからだ。

「さあっ、こちらに上がりなされ」

秩父巡礼の夫婦が小籐次たちを囲炉裏端に差し招いた。

「親父どの、酒はあるか」

「あるにはあるが濁り酒だ」

「構わぬ」

小籐次とおしんは囲炉裏端に座を占め、山小屋の親父が運んできた一升徳利と二つの茶碗を受け取った。

「おしん、どうかな」

「頂戴します」

小籐次は茶碗に濁り酒を注ぎ分けた。

「そなたのお蔭で助かった」

二人は茶碗に口を付け、小籐次は一息に喉に落とした。

ふーう
「濁り酒は土地の香りがするわい」

「さすがは万八楼の大酒の会で二席に入られたお方、なかなかの飲みっぷりにございますね」

「さようなことまで承知か」

山小屋の親父が山牛蒡《やまごぼう》の味噌漬けを出してくれた。こちらも野趣あふれる味わいで濁り酒とよく合った。

囲炉裏端では、巡礼の夫婦の他に、峠越えをして八王子に用足しに行くという老爺《ろうや》、甲府に荷商いに行くという小間物屋、青梅から反物の掛取りに行くという番頭らが、鉄鍋に作られる甲斐名物のほうとうを思い思いに待っていた。

「赤目様、柳沢峠越えで甲斐国に入られ、どうなさるのですか」

おしんは改めて問い直した。

「甲斐国に行きたいわけではない」

と前置きした小籐次は、おしんの耳に届くほどの小声で、ぼそぼそと江戸を出た経緯を述べた。おしんは驚きの顔で小籐次の話を聞きながら、茶碗の濁り酒を嘗《な》めていた。

「呆れた話だわ。未だ騒ぎはあとを引いていたの」

と応じたおしんは、

「肥前小城藩もえらい人と関わったもんですね」

と小城藩のことを案じた。

「旧主の無念を晴らすために、わしがお行列から御鑓を拝借したのは、丸亀、赤穂、臼杵《うすき》と小城の四家であった。残りの三家とは手打ちがなったが、どうも小城藩は矛《ほこ》を収めてくれぬわ」

「肥前は葉隠の土地柄ですからね、武張《ぶば》った西国大名の中でも薩摩と双璧《そうへき》ですよ。

まして佐賀本藩の追っ手を受けるようでは、赤目小籐次様の運も尽きましたかね」

濁り酒に顔を赤らめたおしんの口調は、どこか喜色が込められていた。

「そなた、わしの難儀が嬉しそうだのう」

「そうじゃありませんが、小気味いい話じゃないですか」

「小気味いい話か」

「それはそうですよ。小さな体の年寄り侍が大名四家を相手に大立ち回りをしたかと思うと、今度は十三人の刺客を悉《ことごと》く討ち果たした」

「討ち果たさねば、わしの命はなかった」

「ところが、今度はいよいよ佐賀本藩の刺客に追われる身になった」

「そこが分らぬところだ」

「どうして」

小籐次は自らの疑問を確かめるように、おしん相手に自問していた。

「本藩の御頭人の姉川様と面会した折、わしに、自重してくれ、なんとしても本藩の威光で小城藩を鎮める、と申された。それが本藩の命を受けた刺客が放たれるとはのう」

「赤目様、そこですよ」

小籐次は、瞳がきらきらと輝き出したおしんを見た。

「どこの藩も、定府の重役方と国許《くにもと》にいる侍では、考え方が白と黒ほどに違うものですよ。定府者は幕閣の意向ばかりを気にしながら藩政を考える。ところが、国許でお山の大将を気取っている侍は、小城藩のように葉隠なんぞを持ち出してきて江戸の言うことなど聞こうとしない」

「そなたは、姉川様方の意向を無視する佐賀本藩の勢力があると言うのか」

「そうとでも考えなければおかしいわ。だって、十三人の刺客は小城藩の追っ手だけど、その後の一人は佐賀本藩の関わりを臭わせたのでしょう」

「いかにも」

「ともかく御頭人の約束なんぞ、なんの役にも立たないということよ」

「困った」

「困ったといって、明日からどうする気なんですか」

おしんの問いがようやく先ほどに戻った。

「まず怪我を治す。それが先決じゃな」

おしんが頷き、

「その後、どうするの」

「生計《たつき》を考える」

「研ぎ屋に戻ろうというわけ」

おしんの目が小籐次の背に負った風呂敷包みにいった。

「さよう。わしの仕事でな」

おしんが頷いたとき、

「客人、ほうとうができたぞ。ほれ、椀を配るでな、銘々よそいなされ」

と木の椀が配られた。

炉辺が急に慌《あわただ》しくなった。

「私がよそうわ。椀をくださいな」

とおしんが姿勢を改めた。

小籐次は残った大徳利の濁り酒を茶碗に注いだ。

最後の酒を口にしながら、

(おしんは、大名家の内情にえらく詳しいぞ)

と思った。

五街道を避けて脇往還を一人旅する女だ。なんぞ曰くがあっても不思議はないと考え直した。

南瓜《かぼちゃ》などの野菜、それに猪《いのしし》の肉を入れ、平打ちの麺を炊き込んだほうとうを客たちがすすり上げ、腹を満たしたとき、山小屋の戸が開いた。

道中袴に道中羽織、小者を従えた甲府勤番の山奉行支配下の役人のようだ。

おしんの体が恐怖に硬直したのを、小籐次は目に留めた。

江戸幕府が開かれて以来、甲府藩は徳川一門の居城として義直、忠長、綱重と引き継がれ、綱重の子の綱豊が五代将軍綱吉の後継として江戸城西の丸に入った後、綱吉寵愛の柳沢吉保、その子、吉里が藩主を務めてきた。

だが、享保九年（一七二四）、吉里が大和国郡山に転封になって以来、幕府直轄地として甲府勤番支配によって統治されていた。

「これはこれは、淵野辺様。お見回りご苦労に存じます」

山小屋の親父が萩原番所山役人を丁重に迎えた。

淵野辺が炉辺をじろりと見回し、小籐次とおしんに目を留めた。

「お手前方は」

「それがし、赤目小籐次と娘のおしんにござる。この先の湯に怪我治療に参るところでしてな」

淵野辺はしばらく二人に目を留めていたが、上がり框《がまち》に腰を下ろし、小者が淵野辺の草鞋《わらじ》の紐を解き始めた。

小籐次らは役人一行に囲炉裏端を明け渡し、山小屋の隅に場所を変え、寝につく仕度を始めた。

三

柳沢峠を塩山方向へと下り、標高六千余尺の大菩薩《だいぼさつ》嶺東斜面の谷間に、未だ名もない湯治宿はあった。

近くの百姓たちが米塩を背負い、冬が訪れる前、つかの間の憩《いこ》いをとるような宿だった。

湯は河原にあって、脱衣場とてなかった。

赤目小籐次はこの湯に五日ほど浸《つ》かり、傷を癒した。

能見一族により負った傷の内、一番重いのは左肩の斬傷だった。傷口はなんでも屋の医師の手当てで塞《ふさ》がっていた。が、筋肉が硬くなったか、自在に動かなかった。それが湯のお蔭で滑らかに動くようになっていた。

口寄のおしんはこの湯宿まで小籐次を案内し、二日ばかり一緒に滞在した後、

「仕事に出てきますよ」

と山を下っていた。

この日、朝湯に浸かった小籐次は、湯宿の主の得蔵に、

「錆《さ》びた刃物はないか」

と尋ねた。

「ないことはねえが、なにするだ」

「それがしの身過ぎ世過ぎは研ぎ屋でな」

「湯治に来て銭を稼ごうという算段か、お侍」

「そうではない。腕がどれほど遣えるか試してみたいのだ。代金をもらおうとは思わぬ」

ならば、と四本の菜切り包丁や出刃を持ってきた。久しく研いでないと見え、錆《さび》だらけで刃も大きく欠けていた。

「研ぎ甲斐がある包丁じゃな」

「試しには、ちょうど頃合じゃろうが」

得蔵があてになどしておらぬ顔で答えた。

小籐次は、久しぶりに風呂敷に包んできた砥石と対面した。桶《おけ》に水を張って砥石を浸すと、乾き切った砥石に水を吸わせた。適度に湿気を帯びた荒砥でまず錆を落とし、刃物の形を整えた。

欠けた刃は丹念に研いで刃をつけた。

得蔵が顔を見せ、小籐次の仕事ぶりを一目見て、驚きの声を上げた。

「おまえ様、こりゃあ、ほんものの仕事師だな。まさか刀の研ぎ師ではあるまいな」

「うちは代々屋敷奉公であったが、武士ともいえぬ下士でな、父親から侍の嗜《たしな》みじゃと刀研ぎを叩き込まれた。なあに、嗜みなものか、困ったときに刀研ぎで食えるようにと思うたまでのことだ」

小籐次が額に光る汗を拳で拭い、

「これはな、まだ荒砥じゃぞ」

「うちの錆くれ包丁には勿体《もったい》ねえ腕だ」

と得蔵が誉めた。

小籐次は下地研ぎを終えると中砥石を使い、さらに丹念に刃を立てた。

四本の包丁を研ぎ終えたのは昼前のことだ。

「お侍、蕎麦《そば》を打った。食べねえか」

「腹が減ったところだ、頂戴しよう」

得蔵の打った蕎麦を小籐次は馳走になった。

左肩に力が入るようになったのが、なにより嬉しかった。

「おまえ様の腕ならどこでも重宝しよう。食い扶持くらいはなんとでもなるぞ」

と得蔵が保証してくれた。

「体が利くようになったら、里に下りてみよう」

「わしが知り合いを紹介するでな、口開けにはなろう」

「頼む」

小籐次は昼過ぎ、再び砥石の前に座った。

得蔵から新たな包丁や鉈《なた》を研いでくれとの頼みを受けてのことだ。

その日の午後はそのために費やされた。

翌日、差し料の備中国次直の手当てをすることにした。だが、その前に、名も名乗らなかった剣術家から頂戴した脇差を調べた。茎《なかご》に、

「長曾禰虎徹入道興里《ながそねこてつにゅうどうおきさと》」

の名が刻まれていた。

虎徹入道興里は、

「本国越前ノ住人、半百（五十歳）ニ至ツテ武州江戸ニ居住ス。鍛冶ノ巧精ヲ尽シタ」

齢《よわい》五十にして鎧《よろい》師から刀鍛冶《かたなかじ》に変わり、寛文（一六六一―七三）前後に刀作に専念した人物だ。

刃渡りは一尺六寸七分、豪壮な鍛造であった。

「なかなかの斬れ味と見た」

と呟いた小籐次は脇差を元に戻し、刃こぼれした次直の研ぎに入った。

刃渡り二尺一寸三分の次直の研ぎに小籐次は四日をかけた。ただひたすら日の出から日の入りまで次直を研磨することに専心した。

研ぎ終わったとき、小籐次の肩から腕は元に復していた。

「主どの、明朝から山野を跋渉《ばっしょう》致そうと思う。明朝早く宿を出る。今宵《こよい》のうちに握り飯を二つ用意してくれぬか」

「おまえ様の年で体作りか。年寄りの冷や水というでな、ほどほどになされよ」

と言いながらも請け合ってくれた。

翌未明、虎徹入道興里を腰に、次直を肩から斜めに負った小籐次は湯宿の裏山に分け入り、険しい崖や斜面を選んで走るように動いて、足腰を鍛錬した。

竹杖に縋って歩いたせいで左右の体の均衡が崩れていた。それを元に戻すためにひたすら手足、腰を動かして、筋肉を鍛え直した。

昼の刻限、谷川の水を飲み、麦の混じった握り飯を、穀物の甘さを感じるほど咀嚼《そしゃく》して、食べた。

昼からは平地を見つけ、来島水軍流正剣十手脇剣七手を繰り返しなぞって、体に叩き込まれた感覚を取り戻した。

揺れる海上での船戦で遣われる剣技の要諦《ようてい》は、

「腰の安定」

にあった。

いかなる体勢でも、いかなる動きにも即座に対応できるよう、腰をどっしりと安定させて剣を振るう。

来島水軍流はその一点に尽きた。

大菩薩嶺下の山を走り回り、剣を振るうこと五日。赤目小籐次の五体は能見一族十三人との戦い以前に復していた。

その日、小籐次はいつもよりも遠くへ獣道を走り回り、昼飯を食べんと、山中を抜ける街道に出た。

どうやら青梅から小菅《こすげ》を抜け、大菩薩峠を通り、小田原の里に出る青梅往還のどこかだと小籐次は見当をつけた。

武蔵、信濃、相模、駿河を結ぶ甲府には、江戸から上諏訪《かみのすわ》に至る甲州道中を始め、甲斐と駿河を結ぶ古道の若彦路《わかひこじ》、甲斐と駿河を繋ぐもう一つの中道往還、甲府と東海道興津《おきつ》宿を結ぶ駿州往還、甲府と武蔵国秩父郡を結ぶ秩父往還、甲府から青梅を経て内藤新宿に至る青梅往還、甲府から駿河・相模国に至る古代からの鎌倉往還、甲府と信濃国佐久郡川上を結ぶ穂坂路、穂坂路の三之蔵から信濃国諏訪に至る逸見路《へみじ》、甲斐巨摩《こま》郡穴山から東山道長窪に至る棒道、甲斐国韮崎《にらさき》宿と信濃国佐久郡を結ぶ脇往還の佐久往還、そして、駿信往還の内、青柳と韮崎宿を結ぶ信州往還の十数本が縦横に走っていた。

東に向って往還を歩くと、岩清水が湧き出る崖下に道標が立って、

「此先半里小原」

とあった。

やはり青梅往還の小田原と小原の間に出たようだ。

小籐次は喉の渇きを癒そうと、岩場の割れ目から流れ出る水に両手を差し出した。

顔を寄せると腰掛のような岩があって、その上に烏瓜《からすうり》の朱《あか》い実がいくつもぶら下がっていた。

山中の街道のそこだけに光が差し込んだように色づき、弾む息の小籐次をほっと和《なご》ませた。

「烏瓜の眺めを菜に、握り飯を食するか」

と独り言を言った小籐次は、肩に負った握り飯を下ろそうとした。すると、烏瓜が垂れる山の斜面上で人の気配がした。さらに小原宿の方角から馬蹄の音が響いてきた。

小籐次はそのままの姿勢で馬の数を数えた。

「……二頭、三頭、四頭か」

馬の嘶《いなな》きも馬蹄に混じり、慌しい様子が感じられた。

竹林の向こうに甲府勤番支配の役人か、馬腹を蹴《け》って走り来た。

小籐次はさらに崖に身を寄せて、馬を通り抜けさせようとした。

風を巻いて三頭が走り抜け、しんがりの馬が小籐次のかたわらを通り過ぎた後、手綱を引き絞って止めた。そして、弾む馬を宥《なだ》めながら、馬首を巡らし、小籐次のそばまで戻ってきた。

「爺《じじい》、この道を女が通らなかったか」

小籐次は黙って馬上の侍を見上げた。

礼儀知らずの若い侍は甲府勤番支配の役人のようだ。

「爺、耳が聞こえぬか」

「聞こえておる」

「ならば、なぜ答えぬ」

「礼儀も弁《わきま》えぬ者に答える謂《いわ》れはない」

「なにっ」

仲間の一頭も引き返してきた。

「須賀、いかがした」

「女が通らぬかと聞いたら、この爺、答えませぬ。胡乱《うろん》な奴ですぞ」

「須賀、待て」

と年長の者が言うと馬上から、

「われら、甲府勤番支配下街道騎馬組である。ただ今、江戸から潜入した女密偵の行方を探しておるところだ。この道を通らなかったか、教えてくれぬか」

と問うた。

「女どころか、一人の旅人も見かけぬ」

「うーむ」

と頷いた役人の目が、小籐次の風体《ふうてい》を眺め、

「そなた、かような場所でなにをしておる」

「怪我の治療に湯宿に逗留し、体の回復のために山野を歩いておるところだ」

「さようか」

馬首を再び大菩薩峠へと巡らそうとした年長の役人に向って、

「東寺様。こやつ、あの女の仲間ということは、ございませぬか」

と須賀が聞いた。

「甲府に潜入したのは一人と聞いておる。まず萩原番所に急ごう」

東寺が須賀に言うと、小田原の集落へ向って走り出した。青梅往還の萩原番所は上小田原にあった。

須賀も、小籐次の顔を一瞥《いちべつ》すると東寺の後を追った。

小籐次は、再び烏瓜のぶら下がる岩に腰を下ろした。

握り飯を包んだ風呂敷の紐をゆっくりと解《ほど》いた。

「おしん、そろそろ姿を見せぬか」

風に乗った声が山の斜面を這い上がり、おしんが大木の幹の背後から姿を見せた。

「赤目小籐次様はさすがに騙《だま》せませんねえ」

口寄のおしんは険しい崖を立ち木や岩を伝い、平然と下ってきた。斜面を下るおしんの蹴出《けだ》しの朱色がひらひらと光に翻った。

「一汗かきましたよ」

「甲府勤番衆を走り回らせるとはどういうことか」

「人にはいろいろと事情がございましてねえ。赤目様と同じように追っ手がかかったというだけですよ」

「そう言われれば問い直しようもない」

と答えた小籐次は、握り飯を包んだ風呂敷と竹皮を開いた。大きな握りが二つ、それに大根の古漬けが添えられてあった。

「二つ、食べぬか」

「あら、おいしそう」

と言ったおしんは、

「赤目様の昼餉《ひるげ》を分けてもらっていいんですか」

「二つある。一つずつ食そうか」

「街道騎馬組に追われて食べる暇もなかったの」

「街道騎馬組とは何者か」

「今の甲府勤番支配の長倉様が設けられた悪たれどもですよ」

岩清水で顔と手を洗い、口を漱《すす》いだおしんが、

「頂戴します」

と竹皮包みに手を出した。

二人は岩場に肩を並べて、握り飯を食べ始めた。

一口二口と夢中で食べるおしんが、

「ああ、美味《おい》しい」

と嘆声を上げた。

「おかしな話よのう」

「なにがです」

おしんが小籐次の呟きを聞きとがめた。

「そうではないか。甲府は幕府の直轄領、その地に幕府の女密偵が潜入するとはどういうことか」

「だから、世の中にはいろいろあるんですよ」

おしんは自分が密偵であることを否定もせず、あっけらかんとこう答えた。

「そなた、御用は果たしたのか」

「そう簡単に物事はいきませんよ」

「御用半ばに正体が知られては御用も務まるまい」

「だから、一旦去ると見せかけて、湯宿に潜り込もうと戻ってきたところなんですよ」

「だが、あの者たちは追ってきた。萩原番所の手を借りて国境を封じるぞ」

「仕方ありませんよ」

おしんは平然としたものだ。

「おしん、われらは柳沢峠の山小屋で一緒のところを山廻りの役人に見られておる。先ほど尋ねられたゆえ、つい湯宿に滞在しておると答えた。あやつら萩原番所でわれらが知り合いと知れば、湯宿に訪ねて参ろう」

「そうでしたねえ」

と答えて、おしんは思案した。

「どうやら赤目様の湯治を終わらせたようですね」

「わしの心配ならいらぬ。もはや体は回復致した。いつ発《た》ってもよい」

「ならば湯宿に駆け戻り、退去の仕度を致しますか」

おしんは、小籐次に従うことを決めたように言った。

「よし」

二人は手早く握り飯を食べ終えると、おしんが姿を見せた山の斜面を這い上っていった。

半刻（一時間）後、二人が見下ろす湯宿は、いつに変わりない佇《たたず》まいを見せていた。

「おしん、そなたは顔を見せぬほうがよかろう。わしが行って参る」

おしんを裏山に残した小籐次は湯宿に戻った。

「今日は早いお戻りですな」

得蔵が聞いてきた。

「得蔵どの、急な話じゃが、体も元に戻ったようだ。これから出立致す」

「おや、まあ、名残り惜しいことで」

小籐次は湯宿に残した唯一つの道具、砥石を大風呂敷に包み、仕度を終えた。

「得蔵どの、永の逗留で宿賃はいくらか知らぬ。わしの持ち合わせは一両二朱しかないが、これで足りるか」

「うちは山の湯宿ですよ。赤目様には包丁を研いでもらってもいる。一両で釣りがきます」

得蔵は一両を受け取り、一分を返して寄越した。

「石和《いさわ》村に下りたら、庄屋の武左衛門屋敷を訪ねなせえ。わしの名を出せば研ぎ仕事くらいありましょう」

「助かる」

小籐次は礼を述べると早々に湯宿を出た。流れ沿いに一人下っていくと、ふいにおしんが姿を見せた。

「わしは、まず石和村に下りることになった」

「なら私も一緒に行きますよ」

「女密偵どのと二人旅とは剣呑《けんのん》じゃのう」

「そう邪険にしないで下さいな」

と言いながら肩を並べた二人は、柳沢峠から下りてくる脇往還へと急いだ。

「赤目様、私の追っ手の心配も大事ですが、赤目様の身辺も騒がしゅうございますよ」

「甲府領内でなんぞ聞き込んだか」

「甲府で、赤目小籐次を探す剣術家三人を見かけましたよ。どうやら甲州道中筋には肥前佐賀藩の息のかかった刺客が大勢放たれている様子でしたねえ」

「どうしたものか」

「甲府に向うのを止《や》めになさいますか」

「おしん、そなたには御用があるゆえ、甲府に背を向けるというわけにもいくまい」

「おや、私を助けて下さるんですか」

「お互い、追っ手に追われる身じゃ。ここは助け合うとしようか」

「赤目小籐次様と手が組めるなんて、おしんの運もまだ捨てたものじゃありませんね」

と言ったとき、赤目小籐次の足が止まった。

四

一町ばかり先に甲府勤番支配下街道騎馬組が、二人は騎乗、残りは手綱を引いた姿で立っていた。

「おしんの運も尽きたな」

「そうでしょうかねえ」

おしんは平然と答え、

「なにしろ柳沢峠を二人連れで越えた仲ですからね、私たち」

と言い足した。

「この年寄りに汗を掻《か》かせようというのか」

「赤目様の体が回復したかどうか、ちょうどよい試しではございませんか」

「峠で助けられた代償にしてはちと大きいぞ」

「そう仰いますな」

街道騎馬組を名乗った東寺ら四騎のうち騎乗の二騎が剣を抜き放ち、手綱を前帯に挟み込んだ。

須賀という若侍は栗毛の馬に騎乗していた。

徒歩の頭分の東寺ともう一人が徒歩のまま見守る様子を示した。

「幕府の女密偵、大菩薩嶺がそなたの墓になる！」

須賀が叫ぶと馬腹を蹴った。すると、もう一人が続いた。

小籐次が、

「おしん、身を路傍に退《ひ》いておれ」

と言うと、山道の真ん中に矮軀を立て、次直を抜いた。

おしんが急いで山道の下に身を避けた。

馬蹄が高鳴り、砂塵《さじん》が巻き上がって、見る見る間合いが詰まった。

須賀は山道の左端に寄せて走らせながら、半身を馬の右手に傾け、片手一本で小籐次を撫で斬ろうと企てた。

後に続く仲間は山道の右端に進路を取り、半身を左に傾けて、小籐次を時間差で左右から挟み斬りしようと狙っていた。

小籐次は次直の切っ先を右に寝かせ、体を沈めた。

馬首が大きく迫り、弾む鼻息が近くに聞こえた。

「下郎、素《そ》っ首、もらい受けた！」

片手の剣を振り上げた。
小籐次はその場に片膝を突くと、低い姿勢から次直を弧に回して、須賀の剣先が届く直前に鞍帯を、
ぱあっ
と斬り放った。
あっ
という叫びを聞きながら、体の均衡を崩した騎乗の須賀の体が宙を飛ぶのを見たと思った。だが、その瞬間、小籐次の剣はさらに左へと流れて、二騎目の鞍帯を断ち斬っていた。
どさり
という音が二度ほど小籐次の背で響いた。
「お見事！」
おしんが嘆声を上げた。
小籐次が後ろを振り返った。
山道の路肩に倒れ伏した須賀らはぴくりとも動かない。
斬り落とされた鞍を脇腹に垂らした栗毛の馬が、十余間先の山道に止まってい

た。

前方へ視線を巡らした。

東寺ら二人の街道騎馬組が馬に乗ろうとしていた。

小籐次は次直を鞘に納め、

「どうどうどう」

と馬を宥《なだ》める声を発しながら、馬に歩み寄り、鞍を外してやった。

赤目家は代々豊後森藩の厩番を務めてきたのだ。物心ついたときから厩が遊び場であり、馬は朋輩《ほうばい》だった。

扱いは手馴《てな》れたものだ。

馬も小籐次の体に染み付いた臭いを察したようで、大人しく立ち止まっていた。

「よしよし」

手綱を取った小籐次は裸馬の背に、
ひらり
と飛び乗った。

前方では東寺らが馬腹を蹴ったところだった。

小籐次は馬首を立て直すと、

「さて参ろうか」
と馬の首を軽く、
ぽんぽん
と叩き、手綱を緩めた。
「はいよー」
小籐次の意思を呑み込んだように走り出した。
東寺が両手に剣を構えて立てた格好で、馬腹を蹴り続ける姿が見えた。
二騎目の者は右手に構えた剣を、頭上で円を描くように振っていた。
「よいか、ちと驚かすぞ」
と馬に囁《ささや》きかけた小籐次が、
ひょい
と、猛進する馬の背に片手手綱で立ち上がり、もう一方の手で次直を再び抜いて、保持した。
正面からぶつかるように走り寄る三頭の馬の間合いが見る見る縮まり、東寺は鐙《あぶみ》に立ち上がるようにして、剣を脇構えに移した。
小籐次の目に、前帯に挟んだ手綱が伸び切って張っているのが見えた。

ええいっ！

東寺が馬の背に立つ小籐次の足元を刈り込むように剣を回した。

その直前、手綱を放した小籐次の矮軀が軽やかに馬の背の上に飛び上がり、同時に次直が振るわれて、東寺の手綱を切り飛ばしていた。

二頭の馬が離合し、東寺の馬が急停止して、
おおおっ！

と叫びが上がった。

東寺が前のめりに山道に叩き付けられたのを頭に思い描きながら、
ひょい
と小籐次は馬の背に飛び下りた。

次の瞬間には、もう一人が虚空にぐるぐる回して間合いを取る剣に次直を絡ませ、動きを止めておいて、片足蹴りに相手の肩口を蹴った。

四人目も頭から突っ込むように落馬した。

小籐次は走り続けながら再び馬の背に跨《また》がり、

「どうどうどう」

と言いかけながら手綱をとって絞り、首筋を軽く左手で叩いた。

馬が速度を緩め、山道に立ち止まった。

馬首を巡らした小籐次は、東寺ともう一人の者が気を失って倒れ込む様子を確かめ、

「そうれ」

と馬腹を軽く蹴った。

四人が転がる山道を駆け抜けると、路傍からおしんが上がってきた。

小籐次がおしんのかたわらに馬を寄せ、片手を差し出すと、
ひらり
と馬の背に飛び乗ってきた。

「さすがに女密偵どのじゃな。馬に乗り慣れてござるわ」

「赤目様も馬の扱いには慣れたもので」

「言わなかったか。わしの家系は代々厩番よ。馬と一緒に育った人間じゃぞ」

「ほんにそうでしたね」

おしんの両手を小籐次の腰に回させると、

「この場を急ぎ離れようか」

と馬を早駆けさせた。

「おしん、どうする気だ」

「もう一度、甲府に潜り込みますよ」

「甲府勤番支配下街道騎馬組は、しゃにむにわれらの姿を追い求めようぞ」

「赤目様はどうなさるおつもりですね」

「路銀が尽きたわ。どこぞで稼がぬとな。湯宿の主に石和村の庄屋どのを訪ねよ、研ぎ仕事くらいくれようと紹介されたで、そこをまず訪ねてみようと思う」

「赤目様、私と一緒に甲府に参りませんか。当座の路用の金子など心配いりませぬよ」

「密偵の路銀の上前を撥ねよと申すか」

「まあ、そんなところ」

「では、先を急ごう」

二人は柳沢峠から下りてくる街道へと馬を急がせた。

「おしん、年寄りに働かせたのだ。なんのために甲府へ潜入するか話さぬか」

「そうですねえ、赤目様のお力をこれからも借りるやもしれません。聞いて下さいな」

と前置きしたおしんが喋《しゃべ》り出した。

馬上の二人を薄暮が包み込もうとしていた。

「柳沢吉里様が大和国郡山に転じられたのが享保九年（一七二四）。以来、大身《たいしん》旗本から甲府勤番支配が選ばれて参りました。ご存じかと思いますが、この勤番支配、山流しとか山勝手とか申して、決して評判のよいご奉公ではございませぬ。そのせいか、甲府勤番衆には、いろいろと不祥事が繰り返されてきました」

「その昔、ご金蔵に保管されておった甲州金がなくなった騒ぎがあったと聞いたことがある」

「享保十九年の事件ですね。あれは、巨摩郡高畑《たかばたけ》村の百姓次郎兵衛がご金蔵を破った事件でした。一人の百姓にご金蔵に押し入られるほど、役人の綱紀は上も下も緩んでいます。それは昔も今も変わりございません」

「此度《こたび》の事件とはなんだな」

「はい。文化十年（一八一三）、今から四年前、老中青山下野守忠裕《しもつけのかみただやす》様の推挙で、新たな甲府勤番支配に旗本四千三百石長倉若狭守実高様が就任なされました。以来、騒ぎがぴたりと収まり、江戸では若狭、なかなかやりおるとの評判にございました。元々甲府は武田時代の甲州三法が生きておりまして、格別な地と目されております。これは家康様の思し召《おぼしめ》しがあってのことです。それだけに甲府は徳川一門、譜代の城地として統治されてきたのです。ところが、甲府勤番によって支配されるようになり、江戸から流された役人と不遜な考えの甲府領民とが手を結んで、なにやかやとやらかしてきました。それが長倉様ご支配になって、ぴたりと止んだというわけです」

おしんのいう「甲州三法」とは武田信玄の遺訓で、それを家康が許した特例であった。それは、

一に甲州金の流通。

一に京枡三升にあたる一升枡（甲州枡）の流通。

一に大小切《だいしょうぎり》と呼ばれる税法。本年貢の三分の一を小切といって、米四石一斗四升につき金一両の割合での金納法の許可。

であった。

この「甲金、国枡、小切」は幕末まで甲州にだけ維持された。

また、老中青山下野守忠裕とは丹波《たんば》篠山《ささやま》五万石の譜代大名で、忠裕は奏者番《そうしゃばん》、大坂城代、京都所司代、さらに老中と要職を歴任して在府三十一年、国許に一度も戻らなかった人物だ。

「評判の陰で、新たな悪さが進行しておったか」

「はい。長倉様が甲府勤番支配に就任なされて二年余り過ぎた頃から、甲州で新たな金山開発が行われているという噂が流れるようになり、幕府御庭番衆が何人も潜入しました。ですが、戻ってきた者はございません。今から半年も前、老中青山様子飼いの中田新八様が任務を帯びて甲府入りなさいました。新八様は沈着な方で、正体も知られることなく、長倉実高様の支配ぶりを江戸の目付屋敷に報告してこられました。それがこのふた月、ぴたりと止まったんです。そこで、私が柳沢峠越えで甲府に入ったのです」

おしんが小籐次の背中越しに丸い金貨を差し出して見せた。

「新八様が江戸に届けられた新甲州金です」

「江戸では新しい金山の採掘と考えられたか」

と金貨をおしんに返した小籐次は、

「そこで、幕府は女密偵のそなたを甲府入りさせ、中田どのと連絡《つなぎ》をつけよと命じられたのだな」

「はい。新八様は江戸の眼鏡職人との触れ込みで甲府に住まいし、一円を歩いて商売しながら探索に従事してこられました。ですが、新八様の長屋を訪ねてもおられず、長屋の住人たちに聞いても巨摩郡中郡筋《なかごおりすじ》に商いに行くと言い残して出ていかれたそうで、もう江戸に戻られたのではとの返答でした。私は中郡筋を辿ってみましたが、どこにも新八様を見た者はいない。そこで、再び甲府の長屋に戻ったところを、甲府勤番支配街道騎馬組に怪しまれたのです」

「中田新八どのの長屋を甲府勤番の役人たちが見張っていたか」

「迂闊《うかつ》でした」

それがおしんの返答だった。

「おしん、そなたは幕府目付か御庭番の密偵か」

「いえ、私は中田様と同じ老中青山様直属の者にございます」

小籐次が頷いたとき、山道の向こうに松明《たいまつ》の灯りがちらちらと見えた。

「東寺の仲間が参ったようだ」

灯りの主は街道騎馬組と思えた。

小籐次は辺りを見回し、山の斜面に、ようやく見分けられる程度のこの数日走り回った沢の一つを見つけた。

「街道を外れるぞ」

小籐次はまずおしんを馬から下ろし、続いて自分も飛び降りた。

「これから沢道を歩くことになる。ちとつらいが辛抱せえ」

馬に話しかけると、手綱を引いて自ら下り始めた。馬も素直に従った。最後尾はおしんだ。

二人と一頭の馬は黙々と沢筋へと下った。

どれほど歩いたか、すでに秋の日は没し、闇が山を包もうとしていた。遠くにちらちらと里の灯りが見えることが救いだった。

「おしん、大丈夫か」

「赤目様、夜中じゅう歩き回るのではありますまいね」

「もう少しの辛抱よ。馬さえ苦情を言わずに従っておるわ」

「なんぞ、あてがあるのですか」

「炭焼き小屋がある。夜露くらい凌《しの》げよう」

小籐次は昼間の記憶を頼りにひたすら山を下った。すると、二人の目に炭を焼く煙が暗闇に立ち昇るのが見えた。

「よし、着いたわ」

山の斜面に小さく平地が広がり、そこに炭窯《すみがま》と小屋があった。

炭窯の前に座っていた炭焼きが立ち上がった。

「驚かして相すまぬ。道に迷ったのだ」

小籐次が言いかけると、炭焼きが闇を透かして、小籐次が馬を引き、女を連れていることを見た。

「馬に水を飲ませたいのじゃがな」

炭焼きが黙って小屋の裏手を指した。

岩場に竹樋《たけどい》が差し込まれ、水が流れ落ちていた。

小籐次は馬に水を飲ませ、汗を手拭で拭って、世話をした。

「明日になれば、なんぞ食べるものを探すでな、今宵は辛抱してくれ」

焼いた炭を保管する小屋に馬を繋ぎ止め、水場に戻り、今度は自分の顔と手足を洗った。

炭窯の前に戻ると、気配を察したおしんの声が小屋からした。

「赤目様、濁り酒を分けて頂きましたよ」

その声に誘われるように小屋に入ると、煤《すす》けた小屋の内部は土間と板の間とに分れ、板の間に切られた囲炉裏では、竹串に刺された山女《やまめ》が香ばしく焼き上がろうとしていた。

「孝吉様には、一夜の宿をお願い致しましたよ」

とおしんは持ち前のあっけらかんとした気性で、炭焼き孝吉の心を開かせたようだ。

孝吉の飲み料の濁り酒の甕《かめ》を狭い板の間にすでに出し、縁の欠けた茶碗が用意されていた。

「宿料は決めたか」

「もう支払いました。後で、ほうとう鍋を馳走してくれるそうです」

「助かったわ」

と答えた小籐次は、顔を洗ってこいと、おしんに水場を教えた。

孝吉は糠《ぬか》漬《づ》けを掻き回して、古漬けを酒の菜に出してくれた。

「すまぬな。そなたの食べ料を貰うて」

真っ黒の顔の前で手が振られた。

その時、孝吉の口が不自由なことに小籐次は気付かされた。それにしてもおしんはどう会話したものか。ふと囲炉裏の灰を見ると、

「孝吉」

と書いてあるのが見えた。

「そなたの酒を頂く」

甕から茶碗に注ぎ分けた。

野趣豊かな香りが鼻を擽《くすぐ》った。

「これはたまらぬ」

おしんが再び姿を見せて、

「酒を前にしたときの赤目様は、まるで赤子がおっぱいを前にしたときのようですよ。もう一瞬たりとも我慢がならぬという顔をしておられます。どうぞ、お先にお飲み下さい」

「おしん、孝吉どの、頂く」

小籐次は茶碗に口を寄せて、渇いた喉に流し込んだ。

喉が自然と鳴った。

胃の腑に落ちた濁り酒が、炭焼き小屋を一挙に酒家大楼に変えた。

「美味《うま》い。なんとも美味い」

小籐次が空の茶碗を手に呟くと、真っ黒な孝吉の顔が笑っていた。

「わしだけではちと心苦しい。そなたらも飲まぬか」

小籐次の言葉に、おしんと孝吉が茶碗を手にした。

孝吉は時折、炭窯の火を確かめに行った。

二人だけになったとき、おしんが、

「新八様ほど腕のよい探索方はございませんでした。そのお方さえ行方を絶たれた任務、私一人で遣《や》り果《おお》せるかと心配しておりました。赤目様と同道できて、どれほど心強いか」

としみじみと告白した。

「そなた、何度も柳沢峠を越えて探索に就いたのではないか」

「これまで何度か伝令として甲府国境まで来ただけで、御用は初めてなんです」

呆れた、という顔でおしんを見ていた小籐次が笑い出した。

「まあ、だれにも初陣《ういじん》はあるものよ」

「味方に恵まれました」

「味方とは、わしのことか」

と濁り酒に口を付けた小籐次は、

「ほんとうに甲府領内に新たな金山が見付かったと思うか、おしん」

おしんは首を横に振り、花魁淵の伝説を小籐次に話してくれた。

「甲州金は武田氏の御世に、花魁衆が口封じされたときに掘りつくされておりましょう。ですが、なにかが甲府領内で起こっていることは確か」

「おしん、そなたはそれを確かめねば江戸に戻れぬか」

「それが探索にございます」

「ならば明日にも府中に入るか」

「ご一緒して頂けますか」

「旅は道連れと最初に申したは、だれであったかのう」

茶碗に残った濁り酒を飲み干した。

第二章　千ヶ淵花舞台

一

甲府に入り込んだ小籐次とおしんは、二手に分れて動くことにした。そして、夕暮れ、甲斐善光寺の山門前で落ち合うことを取り決めた。

一人になった小籐次がまずしたことは、甲府勤番陣屋近くに馬を放つことだった。陣屋の馬だ。厩に戻ることができようと思ってのことだ。

身軽になった小籐次は、甲府柳町宿に軒を連ねる宿場の旅籠や一膳飯屋を訪ねて、

「研ぎ」

の御用はないかと聞いて回った。だが、そう簡単に余所者《よそもの》を信用して刃物を預

けるものはなかった。

この甲府柳町宿は、城屋町、和田平町、下一条町、上一条町、金手町《かねんて》、柳町、工町《たくみ》、八日町、片羽町、西青沼町の十町からなっていた。

昼過ぎ、槌音《つちおと》が響くのを目当てに進むと、工町の一角に鍛冶屋《かじ》があった。鍬《すき》、鎌《かま》、鉈、包丁などを鍛造する野鍛冶だ。

断わられて元々のつもりで声をかけると、親方がじいっと小籐次の風采を見て、

「砥石を見せろ」

と言った。

小籐次は背に負うた風呂敷包みから商売道具の砥石を出した。中砥の滑面を仔細に見て、指先で触り、

「おまえ様は刀研ぎじゃな」

と聞いた。

「死んだ父親に叩き込まれたが、刀を研ぐのは自らの差し料くらいだ」

「非礼ついでだ。お腰のものを見せて頂けますか」

言葉遣いを改めた親方が小籐次に頼んだ。

「かまわぬ」

小籐次は鞘《さや》ごと次直を抜くと親方に渡した。

「拝見致します」

野鍛冶でも鍛冶だ。刃物を扱う心得は承知していた。

すらり
と抜いた次直の、刃区《はまち》から切っ先まで舐めるように見た親方が鞘に戻して、

「よいお仕事です。うちの刃物に刃を立ててもらうのは勿体ない腕だ」

と答えた。だが、

「弟子が法事で家に帰りやがった。頼まれ仕事の鎌と鉈が十本ばかり溜まっているが、研いでくれますか」

「有り難い」

小籐次は鍛冶場の一角にある研ぎ場に持参の砥石を並べ、桶に真新しい水を汲《く》んで、仕事場を作った。

鍛造されたばかりの鎌に刃をつけるために荒砥をかけた。

町の野鍛冶だ。馬方から百姓までがやってきては仕事を頼み、世間話をしていく。

夕暮れ前、駕籠《かご》かきが通りかかり、

「親方、渋茶をご馳走してくんな」

と声をかけた。

「勝手にしな。湯は沸いていらあ」

「あいよ」

と答えた駕籠かきが小籐次を見て、

「親方、侍を雇ったか」

と聞いた。

「作造が法事で家に帰りやがった、その代わりだ。だが、腕は比べものにならねえよ」

「ふーむ」

と小籐次の仕事を見ていたが、

「今日もよ、女衒《ぜげん》が佐久往還を行き来してやがったぞ」

「胸糞《むなくそ》悪いこったぜ。信濃に娘買いか」

「親方、女衒が動くんだ。冬を前に貧乏百姓の娘集めに決まっていらあ」

「昔、金山は男を泣かしたもんだが、当世は金山に娘が泣くか」

「その度に、どこぞのお方の懐が潤《うるお》うというわけだ」

「江戸じゃあ、山流しなんぞと甲府行きを嫌がるそうだが、なかなかの商売上手な方もおられるぜ」

「親方、それ以上は禁物だ」

「おっと、口が滑った」

話題が変えられた。

夕暮れ、小籐次は研ぎ残した四本の鎌と鉈を、

「親方、明日研がせてもらえぬか」

と頼んでみた。

「おまえ様が暇なれば当分通いなされ」

と六本分の研ぎ賃として一朱と百文をくれた。

「また明日参る」

「砥石は残していきなせえ」

「それは有り難い」

小籐次は工町を出ると、武田信玄が信濃国長野の善光寺の本尊を移したといわれる甲斐善光寺へと急いだ。

おしんはすでに善光寺山門の暗がりにいた。

「無事であったか」

「赤目様も」

「鍛冶屋で仕事をもろうた。明日も来いとのことであったわ」

「それは幸先のよいことで」

「そなたのほうはどうか」

「女はえらく警戒されましてねえ。探索もままなりませんよ」

「それは気の毒にのう」

と答えた小籐次は、

「ちと胡乱な話を耳にした」

「なんですねえ」

「女衒が佐久街道を往来し、娘たちを買い集めているらしい」

「それは私も耳にしました。近頃は不作続き、冬越えを前に百姓衆も金に困っておられますからね」

「その娘、どこに売られていく」

「そりゃあ、江戸でしょうね。吉原をはじめ四宿には、いくらも妓楼や飯盛宿がありますから」

「それがしが耳にしたところでは、どうやらこの甲府領内に娘たちが働く場所があるという風に聞いたがな」

おしんの目が光った。

「おしん、この娘買いに甲府勤番が関わっているとしたらどうなる」

「迂闊でした。明日からその方面を探索します」

とおしんが答えるのへ、小籐次がうーむと応じた。

「となれば、今晩の宿をなんとかせねばならんが」

「それは用意してございます」

「早手回しだのう」

「もっとも、気に入って頂けるかどうかは分りませんよ」

おしんが連れていったのは、飯盛宿の間の路地を裏へと入った木賃宿《きちんやど》だった。

裏手から牛の鳴き声がするところを見ると、牛小屋の一角に人間様が間借りしているのかもしれなかった。

「その名も牛屋にございまして、表通りは役人たちの目が光っています。この牛屋なれば役人も立ち入りません」

「よう見付けたな」

「どこの町にも役人嫌いがおりますよ」

がたぴしする戸を押し開いたおしんが立ち竦《すく》んだ。

「どうした、おしん」

「昼間とだいぶ様子が違います」

おしんが小声で言うと、狭い土間に身を入れた。

小籐次にも、板の間に切り込まれた囲炉裏端を囲む男たちの風体が見えた。

とても堅気とは思えぬ客ばかりだ。女も侍も混じっていたが、だれの顔からも
血の臭いが漂ってきた。

そやつらが新参の小籐次とおしんをじろりと見た。

酒盛りをしていた渡世人の頭分が、

「ちいと胡散《うさん》臭い奴が舞い込んだが、宿主、身許は大丈夫か。勤番の密偵という
ことはあるまいな」

「穂坂の金蔵さんよ、身許が大丈夫なものがいればお目にかかりてえ」

腰の曲がった宿主が、土間の一角の竈《かまど》の前から笑いもせずに答えた。

「まったくだ」

と一人の浪人者が応じて笑いが起こった。

穂坂の金蔵と呼ばれた男は虚仮《こけ》にされたと思ったか、頭に血を上らせた。

「爺、女、どこから来た」

「山から下りて参った」

小籐次が穏やかに言いながら、次直を腰から鞘ごと抜くと、

「相宿を願おう」

と挨拶した。そして、おしんに、

「草鞋を脱ごうか」

と誘いかけた。

「爺、女、この宿には習わしがある。新参の客は皆に挨拶して一夜の宿を願うのが決まりだ」

金蔵が絡んだ。

相客たちは興味津々《しんしん》に成り行きを窺《うかが》っていた。

「挨拶はすでに終えておる」

「旅人《たびにん》には旅人の挨拶の仕方があろうというもんだ。できないとあらば、その女、一夜、おれの褥《しとね》に借りようか」

金蔵が囲炉裏端から上がり框ににじり寄ってきた。

「金蔵とやら、濁り酒に悪酔いしておるか」

小籐次の声はあくまで低く冷めていた。

「おのれ、甲州一円にちっとは知られた穂坂の金蔵を呼び捨てにしやがったな。鯉三郎、おれの長脇差を貸せ。叩っ斬ってやる」

金蔵が喚《わめ》いた。

すいっ
と派手な拵えの長脇差が差し出された。

朱鞘には何箇所か鉄輪が嵌《は》められ、提緒《さげお》も朱房のついた縒《よ》り紐だ。

金蔵が威圧するように上がり框に立ち上がった。

天井の剝《む》き出しの梁《はり》に髷《まげ》が届くほどの巨漢だった。

「金蔵、炉辺に戻り、おとなしく酒を飲んでおれ」

「爺、重ね重ね他人の名を呼び捨てにしたな」

長脇差を抜いて小籐次の胸前に切っ先を突き付けた。

小籐次は平然としていた。

それが金蔵を血迷わせた。

おしんもこうなると肚《はら》が据わったか、少し離れた土間の一角から小籐次の動きを見逃すまいと眼を見開いていた。

「爺、釜無川《かまなし》に骸《むくろ》を晒《さら》せ！」

袖から出た太い腕に握られた長脇差が振りかぶられた。

小籐次の腰が沈み、左手に提げた次直の柄《つか》に右手が閃《ひらめ》くようにかかると、一条の光が奔って金蔵の前帯と下帯を切り裂いた。さらに小籐次が気配もなくその場で飛び上がると、次直が金蔵の頭の上を一閃《いっせん》した。

髷が板の間に転がり、下帯が落ちて、金蔵は情けない姿で立ち竦んだ。

ふわっ

と小籐次が土間に下り、

「金蔵、そなたの縮こまった一物《いちもつ》、切り離そうか」

と睨んだ。

わあっ

と叫んだ金蔵が、手にしていた長脇差を小籐次の脳天に叩き付けた。

小籐次が横手に滑るように動き、三度次直が閃くと長脇差を弾《はじ》いた。

ざんばら髪の金蔵の手から長脇差が飛び、牛小屋と分かつ板壁に突き立った。

次直の切っ先が金蔵の太い腹にぐいっと突きつけられた。

すうっ
と一筋血が流れ出した。

「金蔵、そなたの醜い腹も一物も見飽きた。宿料を払って出ていけ」

小籐次の声に棒立ちに立っていた金蔵は、
わあっ
と叫ぶと、小籐次たちが入ってきた路地へと飛び出していった。続いて荷を持った子分が三人、木賃宿から姿を消した。

「ご一統、ちと騒がせたな」

小籐次は次直を鞘に収めると声をかけた。

一座からどよめきが起こった。

「おしん、炉辺がだいぶ空《す》いた。座らせてもらおうか」

二人は金蔵と子分がいた炉辺に腰を落ち着けた。

「宿主どの、それがしにも濁り酒をくれぬか」

小籐次の声にようやく一座が元に復した。

翌日、小籐次は工町の野鍛冶に通い、おしんは町へ探索に出た。

小籐次はこの日、十本ほどの鉈や鎌を研いだ。

夕暮れ、口寄姿のおしんが野鍛冶の前を通り過ぎた。しばらくして一日の仕事を終えた小籐次が姿を見せた。

二人は笛吹川の河原へと歩んでいった。

「おしん、なんぞ分ったか」

「小籐次様、これは花魁淵の二の舞ですよ」

「金山が新たに採掘されたわけではあるまい」

「金山はもはや武田様の御世に掘り尽されて、甲州には新しい金山のきの字もございません。その代わり、新しい金脈が見付かったので」

「女か」

「はい。甲府勤番長倉実高様は、江戸の内藤新宿から飯盛旅籠岩槻屋東右衛門を呼び、甲府の地に新たな遊里を設けて、信濃、相模、遠江《とおとうみ》、武蔵一円から娘を買い集め、その昔、金山で栄えた甲斐の地に客を呼び込んでいるようにございます」

「旗本がまた大胆なことを」

「長倉様は江戸から入り込む密偵を追い掛け回す街道騎馬組を、新たな勤番衆の腕利きから選抜して組織され、秘密保持に用いておられるのです」

甲府城守護の甲府勤番支配は勤番衆二百余人を統括して、領内の訴訟を裁く権限を有していた。

甲府勤番支配は四、五千石の旗本から選ばれ、長倉実高も四千三百石の旗本寄《より》合《あい》からの御役である。

この甲府勤番を補佐するのが二百俵高、御役料三百俵、御手当二十人扶持の甲府勤番組頭で、その下に勤番衆二百人がいた。

下級旗本や御家人の無役から選ばれる勤番衆は俗に山流しと呼ばれ、江戸育ちの直参《じきさん》には評判がよくなかった。それだけに幕府では、困り者の旗本やら御家人を甲府勤番に送り込む傾向にあった。

「支配組頭に奥野武太夫様と申される方が任じられておりますが、このお方が長倉様の右腕にして、遊里の元締めを務められ、街道騎馬組の頭取にございます」

「なんとなく構図が見えてきたではないか。此度の甲州金は娘の汗と涙から生まれたか」

「はい」

「奥野が元締めの遊里の金山とはどこじゃ」

「甲斐駒ヶ岳の山麓、尾白川と申される方もおられますし、富士川街道から東に入った夜叉神《やしやじん》峠近くと噂する人もおられて、未だはっきりとしません」

「そやつを突き止めんことには、動けぬぞ」

「はい」

と頷いたおしんが、

「赤目様のご懸念《けねん》、佐賀藩が放った刺客と思える三人、一昨日、甲府を発ち、韮《にら》崎《さき》に向ったそうにございます。三人を泊めた旅籠の女中が話してくれました」

「わしを探しているのは確かか」

「はい。赤目小籐次と申す老剣客を探しておる、と旅籠でも喋ったそうにございます」

「甲府を発ったとなれば、こちらはまず一安心」

「鐘巻自斎《かねまきじさい》様の流れを汲んだ戸田流兵法達人進藤丑右衛門辰惟《うしえもんたつのぶ》と申す中年の武士を頭に、皆橋棒之助、出雲盛永《いずももりなが》と若手の剣客だそうで、出雲は赤柄の槍《やり》を持参していたそうです」

「まあ、出会《でくわ》さぬように気をつけようか」

と答えた小籐次とおしんは、同じ屋根の下に牛と同居する木賃宿に向った。

二

その夜、小籐次とおしんは牛屋で耳寄りの話を聞かされた。話をもたらしたのは、松本城下から江戸に小間物の仕入れに行くという商人だ。

「昨日は教来石《きょうらいし》の口留番所でえらい目に遭ったよ」

商人は顔見知りの宿主に話しかけた。

教来石宿は甲斐と信濃の国境であった。

「どうしなさった」

「どうしたもこうしたも、足止めだ」

「釜無川の上流で大雨が降ったという話は聞かないが」

「そうじゃねえよ。どこの女郎衆か、年増ばかりが、富士川水運で東海道の宿場女郎に宿替えだとよ。そいつを見てはなんねえと口留番所の役人がえらい警戒で、私どもは長々と足止めだ」

「冬を前に新しい娘が連れてこられたからな」

「どういうことだ」

「甲斐国にも吉原があるということだ」

「吉原とは江戸の官許の遊里かねえ」

「そういうことだ。だがよ、井ヱ門さん、この話、余所ではしちゃなんねえよ」

「どうなるかねえ」

「甲府勤番の街道騎馬組が、おまえ様の首を刎《は》ねなさるのさ」

「そんな馬鹿な話があろうかえ」

「なんなら試してみるかね。釜無川には首なしの死体がごろごろ沈んでいるよ」

「くわばらくわばら」

話はそれで終わった。

「おしん、明日は昼前に研ぎ仕事を終わらせよう」

「ならば昼発ちですねえ」

二人は頷き合った。

翌日の夕暮れ、小籐次とおしんの姿は、甲州街道台ヶ原宿の本陣北原家の前にあった。

この宿から一里十四町で、商人が足止めされた教来石宿だ。

造り酒屋の北原家は、寛延三年（一七五〇）にこの地に創業して酒を売り出した。

元々北原家は信州高遠《たかとお》で酒造りを営んでいたが、台ヶ原の水がよいことに目をつけて分家を出したのが始まりであったとか。

時代が下って天保六年（一八三五）、屋敷を新築した際、諏訪の宮大工の三代目立川専四郎が腕を振るった。その折、高遠城主が「竹林七賢」の欄間を贈った。その欄間の名を取って、

「七賢」

と銘酒は命名され、江戸にも出荷されることになるが、この物語より後年のことだ。

その造り酒屋の店先から街道まで酒の香が漂ってきた。

小籐次は酒の香を脳裏から振り払い、宿場を見回した。

「おしん、明日からは街道を外れる。食べ物なんぞを用意しておいたほうがいいかのう」

「赤目様、買い物なんぞは私がやりますよ。赤目様はこの店にて銘酒を飲みながら暫時《ざんじ》お待ち下さいな」

「よいのか、そなただけに働かせて」

「赤目様の助けを借りるのは明日からのことです」

「ならば、台ヶ原の酒を試してみるか」

二人は北原家の前で別れ、小籐次は一人、造り酒屋の店先に入った。

「通りがかりの者だが、ご自慢の酒を一升枡で飲ませてもらえぬか」

番頭らが小籐次の風体を見た。

「銭なら持ち合わせておる」

懐から財布を出す小籐次に、

「旅の方、甲斐国では『甲金や三升枡に四角箸』と申しまして、一升枡とは三升入りの枡にございます」

「構わぬ」

「構わぬと申されましたが、ここでお飲みになりますので」

「いかにも」

番頭は小籐次が本気と見て、手代に合図した。

酒樽の栓が抜かれ、薄暮の店に酒の香がさらに濃く漂った。甲州枡になみなみと酒が盛り上がり、黄昏の光を映していた。

小籐次にとってなんとも魅惑的な光景だ。

「頂こう」

小籐次は両手で甲州枡を抱え、まず香を嗅ぎ、さらには澄み切った酒の表面を愛でるように眺めた。

「これはたまらぬ」

と呟いた小籐次の口が、注意深く枡の隅に近付いて咥《くわ》え、同時に枡が傾けられた。

くいっ
と喉を鳴らした。

ゆっくりゆっくり味わうように、だが、一度も口を外すことなく三升の酒が小籐次の胃の腑に流れ落ちていった。

「なんとも甘露かな」

甲州枡を顔から外すと、番頭たちが目を丸くして見ていた。

店の奥には羽織を着た人物が立っていた。

「あ、あなた様は途方もない……」

番頭が呆然《ぼうぜん》と呟いた。

「もう一杯頂きたいが呑み代がのう」

小籐次が笑った。すると矮軀の上にある異相に、あどけない愛嬌《あいきょう》が漂った。

「お客人、酒がお好きのようですな」

羽織の男が出てきて、

「主の北原延世にございます」

と名乗った。

「主どのか。さすが台ヶ原の酒、美味にござった」

「客人、好きなだけ飲めと申されたら、何升飲まれますな」

「過日、江戸の大酒の会で三升入りの大杯で五杯は飲んだ」

小籐次の返事に店じゅうがしーんとなった。

番頭らはこの言葉が虚言かどうか迷い悩んでいた。だが、主がなにか思い当ったように、
ぽーん
と手を叩き、

「そなた様は赤目小籐次様にございますか」

と尋ねた。

「ほう、わしの名を存じておられるか」

「存ずるもなにも、赤穂藩など四家の大名家を相手に御鑓先を拝借なされた武勇のお人、通りがかりの大名方がわがことのように自慢なされていかれます。ついでに万八楼の大酒の集まりも江戸からの旅人が話していきますで、赤目様の名はよう存じております」

「いよいよ世間が狭うなった」

と小籐次が呟いたとき、おしんが竹皮包みを手に姿を見せた。大方、握り飯でも包まれているのであろう。

「連れも参った。馳走の代はいくらかな」

「赤目様、宿はお決まりですか」

「主どの、これから旅人宿を当たるところじゃ」

「台ヶ原は旅籠も少のうございます。今から見付けるのは難しゅうございますよ。いっそうちに泊まられませぬか」

「われらの風体を見てくだされ。御本陣に泊まる柄ではないわ」

「うちには供のための長屋もございます。酒も好きなだけ飲み放題、いかがですな」

「なんとも嬉しいお勧めじゃが、口寄と浪人ではそのような贅沢《ぜいたく》ができようもない」

「赤目小籐次様から宿代、酒代を頂こうとは思いませんよ」

と答えた北原延世が、

「番頭さん、濯《すす》ぎ水を急いでお持ちせぬか」

と命じたので、小籐次とおしんは顔を見合わせた。


半刻（一時間）後、小籐次は陶然とした気分で酒を飲んでいた。もはや三升入りの枡で飲むこともない。大振りのぐい呑みでゆったりと酒を楽しんだ。おしんも嘗めるように杯で嗜《たしな》んでいた。

相手をするのは主の延世と番頭の久蔵だ。

「赤目様、明日はどちらに参られますので」

久蔵の問いにうーむと小籐次は返答に迷い、しばし沈思していたが、

「なんでもこの界隈には面白き里があると聞き、おしんと二人、なんぞ働き口などないかと出向くところだ」

と答えていた。

「なんと千ヶ淵に参られるので」

延世と久蔵が顔を見合わせた。

「赤目様、千ヶ淵がどのようなところかご存じにございますか」

「噂程度には承知しておる」

「尾白川峡谷は信玄公の御世に金採掘が試みられましたが、黒川ほどの金は出ませんでした」

「ただ今はその地が甲州金で潤っているそうな。胴元は不届きにも甲府勤番支配の長倉実高と聞いた」

「それを承知で働きに参ると申されるので」

と聞いた延世が、

「赤目様とおしん様は、もしや幕府の御用にございますか」

と二人の顔を覗き込んだ。

「主どの、浪々の身の年寄りと口寄が仕事を求めていくと承知おき下され」

しばし延世と久蔵は沈黙していたが、

「甲府勤番支配と申しても幕臣旗本、いずれは幕府の手が伸びると思うておりました」

と勝手に納得した延世が、

「長倉様は内藤新宿の飯盛宿の岩槻屋東右衛門に甲斐の渡世人芦安《あしやす》の大造を呼んで、尾白川の金山跡千ヶ淵に博奕《ばくち》あり、遊女あり、酒あり、阿片《アヘン》ありの歓楽の遊び里を作られましたので」

「信濃、相模、遠江、武蔵辺りから娘を買い漁《あさ》ってくるそうな」

「甲州道中は今、女衒街道と呼ばれておりましてな。なんとも恥ずかしいことにございます」

「甲府勤番が胴元の遊び里の客はだれかな」

「当初は旅の人間で金のありそうな者を引き込んでおりましたが、評判が立つと甲斐国は元より信濃、武蔵、さらには江戸からも客が続々と訪れまして、一夜千両とか申されて長倉実高様方の懐を温めているようにございます」

「新しい甲州金が造られているそうだが」

「この遊里では小判は通用しませぬそうな。甲州金が駒札、遊びの代金にございます。小判を持参の客は甲州金に替える度に口銭《こうせん》をとられます。長倉様はおそらく小判を鋳潰《いつぶ》して甲州金を造っておるものと思えます」

「なんとも大胆な旗本よのう」

「永の無役で金子にはお困りだったとか。その反動にございましょうか、黄金色《こがねいろ》の亡者にございますそうで。無論、江戸のしかるべき筋には口封じの金子が流れていると思えます」

「なんとのう」

「尾白川沿いに千ヶ淵に入るには、街道騎馬組やら芦安の大造一家の番所を通り抜けねばなりません」

「それはちと難儀かのう」

言葉と裏腹に平然とした小籐次の返答に、

「赤目様、おしん様、どうしても参られますので」

延世の問いにおしんが、

「探し人もございまして、行かねばなりません」

と険しい顔で答えた。


翌朝未明、足拵えも十分な小籐次とおしんは、北原家の手代の向吉の道案内で中山峠に立っていた。

わずかに白む峠の北に尾白川が東に流れて、釜無川へと注いでいた。

二人が幕府の御用を務める者と勝手に察した北原延世は、

「酒造りは水が命にございます。尾白川渓谷なら向吉が手に取るように承知しております」

と言って、手代の向吉をつけてくれたのだ。

おしんは前夜のうちに、主の老中青山下野守忠裕に宛てて、それまで探索した諸々を書き記し、早飛脚にて八王子の千人同心陣屋経由で届けさせていた。

この手配もすべて北原家が手伝ってくれてのことだ。

「少し早うございますが、朝餉《あさげ》に致しましょうか」

山を心得た向吉の言葉に三人は握り飯を食した。

「向吉どの、そなた、千ヶ淵に参ったことがあるか」

「うちでは酒を納めていますので、入口までは何度か参りました」

「いかなるところかのう」

「千ヶ淵は尾白川の流れが曲がりくねって千畳敷きの岩場が広がっております。その岩場に何棟かの賭場《とば》、遊女宿、湯屋などが建っておりまして、芦安の大造親分の身内が出入りを厳しく見張っております」

「客はどれほどいるな」

「その日にもよりましょうが、三、四十人は泊まっておりますか」

握り飯で腹を満たした三人は竹筒の水を飲み、

「遠回りにございますが、山道ならばまず街道騎馬組に見付かることはございません」

と再び向吉が案内に立った。

日が昇り、甲斐駒ヶ岳の頂も紅葉した木々を透かして見られるようになった。まさに錦繍とはこういうことか。冬を前に山全体が精一杯の化粧をしているようで、小籐次たちに任務を忘れさせた。

昼過ぎ、駒ヶ岳神社奥の院に辿り着き、しばし休憩した。この神社の本殿は千ヶ淵近くにあるという。

「なんとか、夕暮れ前には千ヶ淵に辿り着きたいものです」

向吉が言い、

「赤目様、おしん様、その後、どうなさるつもりです」

「さて、それからは千ヶ淵の様子を見て決めることになりそうだ」

「では急ぎますか」

再び尾根に延びる獣道のような山道を三人は歩き出した。どれほど歩いたか、

小籐次が、

「向吉どの」

と案内役の手代を制した。

右手の斜面から熊笹の擦れ合うような物音がした。

「それがしが替わろう」

向吉と小籐次が場所を入れ替わり、その場に伏せた。さらに人の息遣いが聞こえてきた。

だれかが尾根道を目指して上がってきていることは確かだ。

生い茂った下草が揺れ、険しい形相の娘が二人姿を見せた。山歩きには不釣合いの派手な色合いの小袖に草履履きだ。手足には笹や木の枝で負ったと思える無数の切り傷があった。

熊笹の間から小籐次が立ち上がった。

ああっ
という絶望の呻《うめ》き声を先頭の娘が洩らした。利発そうな顔が泣き崩れようとした。背後の娘はさらに小柄だった。姉妹と思えるほどよく似ている。

おしんと向吉も立ち上がり、小籐次が聞いた。

「そなたら、千ヶ淵から逃れてきたか」

立ち竦んでいた娘二人がおしんの姿を見て、少し安心したようにこっくりと頷いた。

「安心せえ。われらは甲府勤番ではない」

「はい」

先に立つ娘が答え、

「山を越えて、高遠へ逃れるつもりです」

と言った。

「その格好で九千尺余の甲斐駒ヶ岳を越える気か。無理じゃな。夜に入れば寒さが増す。凍え死に致すぞ」

再び娘の顔に絶望の色が漂った。

「おしん、握り飯が残っていたな。二人に食べさせよ」

小籐次の言に、おしんが肩に斜めに負っていた包みを解き、二人の娘に竹筒の水と一緒に差し出した。

「まずはお食べなさい」

「はっ、はい」

娘二人は握り飯をかぶりつくように食べ始めた。

小籐次たちは娘を囲むように山道に座った。

「向吉どの、もはや千ヶ淵は近いかのう」

「半刻も山道を下ると着きます」

握り飯を食べていた娘が食べるのを止め、

「昨晩から歩き通してきました。それが半刻とは……」

と洩らした。

「夜の山道のことだ。ぐるぐると同じ場所を回っていたのであろう」

娘が怯《おび》えたように、自分たちが姿を見せた斜面を振り返った。

「名はなんというの」

おしんの問いに、

「すみに、はなです」

「おはなちゃんは、おすみちゃんの妹かしら」

「いえ、従姉妹《いとこ》同士です」

「どうりで似ているわ」

と笑いかけたおしんが、

「赤目様、どうします」

と小籐次に問うた。それには答えず小籐次が、

「その前にすることができたようだ」

と立ち上がった。

おしんが小籐次の視線の先を振り向いて、小さな声を上げた。

三

三人の男たちが姿を見せた。山歩きに慣れた渡世人、芦安の大造一家の子分たちだろう。

「見付けたぜ」

髭面の兄貴分が、にたりと仲間二人に笑いかけた。

おすみとおはなが悲鳴を上げた。

「大丈夫よ」

とおしんが宥めた。

「手こずらせやがって。おすみ、おはな、おめえたちには大金が掛かっているん

だよ」

「約束が違います。女中奉公と聞いてきました。うちのお父つぁんも、女郎さんになれなんて一言も言いませんでした」

健気《けなげ》にもおすみが言い返した。

「だれが女中奉公に何両もの前金を渡すものか。おめえらにはこれから何年か、しっかりと稼いでもらう金が注ぎ込んであるんだよ」

「雷助、見付けたか」

三人の背後から、さらに浪人者が二人姿を見せた。髭面の顔に大汗をかいていた。

「先生方、なんとか夕暮れ前に見付けましたよ」

雷助らは小籐次など全く眼中にない様子だ。

「さて、足元に明かりがあるうちに千ヶ淵に下りますぜ。五、六日、水牢に入れて、こやつらの性根を叩き直さなきゃあならねえや」

雷助が独り言を言うと、

「爺さん、助かったぜ」

と小籐次に初めて言いかけた。

「爺さんとは、わしのことか」

「ほかにだれがいる」

雷助が熊笹を分けて、小籐次のもとへ上がってきた。

「おすみ、おはな、目を瞑《つぶ》っていよ」

小籐次が後ろも見ずに命じ、おしんが二人の震える体を両手に抱いた。

「おや、おめえらは邪魔立てする気か」

雷助が言うと、後ろに問い掛けた。

「先生方、どうします」

熊笹の斜面を分けて、二人の浪人剣客が雷助のもとに来た。

「爺らは江戸の密偵ということはあるまいな」

「さあてねえ。密偵なら密偵でもかまわねえが、千ヶ淵まで連れ下るのは面倒だ。始末して下せえな」

雷助らの会話はまるで小籐次らがそこにいないかのように傍若無人に交わされた。

「致し方あるまい」

浪人二人が剣を抜いた。

小籐次が腰を沈めた。

矮軀がいよいよ小さく見えた。

それが浪人たちに、さらに油断させる結果を招いた。

「そなたらの死に場所にはちと美し過ぎる」

小籐次の沈んだ体が熊笹へと一直線に踏み込んだ。

「爺、大言を……」

剣を振りかぶった浪人剣客の言葉が途中で消え、抜き上げた次直が一人目の浪人の胴を深々と斬り、返す刀で二人目を袈裟懸《けさが》けに斬り下げていた。

「来島水軍流浪返《なみがえ》し」

小籐次が呟き、雷助が立ち竦んだ。

「用心棒だけを地獄へ送り込むのも都合が悪かろう。そなたが道案内せえ」

三撃目が雷助の喉を、
ぱあっ
と斬り裂いた。

熊笹にどさりどさりと三つの体が斃れ伏し、弟分たちが両眼を見開いて恐怖の色を見せた。

わあっ
と叫びながら後ろ向きに逃げようとするところを、小籐次が熊笹を走り下り、再び、
ぱあっぱあっ
と次直を振るった。

弟分たちの頭から髷が飛んでいた。

「そなたらには、ちと聞きたきことがある」

腰を抜かした二人にそう言うと、次直を鞘に収めた。

最初の浪人剣客に剣を振るってから数瞬のときしか流れていない。

向吉が呆然として早業を見詰めていたが、

「赤目様」

と驚きの声を上げた。

小籐次は二人に、

「千ヶ淵の様子を正直に聞かせてくれぬか。さすれば、そなたらの命は助けてやろうかえ」

まだ十八、九歳と思える半端者が、がくがくと頷くと一斉に喋り出した。

半刻後、向吉の案内で千ヶ淵の灯りを見下ろす駒ヶ岳神社の境内に五人は辿り着いた。

「秋祭りが終われば、もはや神社には人はおりません」

さすがに向吉は土地の人間だ。無人の神社の社務所の錠を見つけ出すと、中に小籐次らを入れた。

湿気《しけ》った社務所の板の間の囲炉裏に火が焚《た》かれ、おすみとおはなも人心地がついた。

「まずは腹拵えじゃあ」

おしんと向吉が鉄鍋に湯を沸かし、台所で見付けた味噌を溶かし、残った握り飯で雑炊を作り始めた。

小籐次は背中の包みを解くと砥石を出した。

千ヶ淵のおよその様子は、髷を切り落とした弟分二人とおすみたちの話で摑めていた。喋り終えた二人には、

「もう千ヶ淵に戻るでない」

と言い聞かして、解き放った。

それによれば、甲府勤番支配下の街道騎馬組八騎、それに芦安の大造一家が用心棒の剣客を含めて三十五、六人ほどいることが分っていた。だが、その半数は壺振りなど賭場に手を取られていた。

(まずは、半数を一人で相手せねばなるまい)

と小籐次は覚悟すると、桶に水を張り、次直の刃に懐紙を巻いて刃を立てた。ゆっくりと手馴れた仕事に没入した。

砥石を刃先が滑り、

しゃあっしゃあっ

という音が、そこにいる者たちの高ぶった神経を慰撫してくれた。それはまた興奮した小籐次の気持ちをも鎮めてくれた。

「夕餉ができましたよ。赤目様のほうはどうですか」

おしんの声に、

うーむ

と頷いた小籐次は次直の刃を囲炉裏の灯りで確かめた。

明日の戦いの仕度が終わった。

「わしも、し遂げたわ」

炉辺に五人の男女が顔を揃えて、木椀に盛られた雑炊を掻き込んで腹を満たした。空になった椀で白湯《さゆ》を飲む向吉が、

「赤目様、どうなさいますか」

と聞いた。

「向吉どの、そなたのお蔭で千ヶ淵まで辿り着いた。どこの遊び里も夜どおしであろう。われらは一眠り致そうか。すべてはそれからよ」

おすみとおはなを同道したのは、里に出るために二人だけで夜の山道を行かせるよりは、千ヶ淵に一旦下り、尾白川沿いに甲州街道に出たほうが安全と判断したためだ。

そのためには、千ヶ淵の始末をつけねばならなかった。

「赤目様、千ヶ淵には四十数人の街道騎馬組やら芦安の大造一味がおりますそうな」

「多勢に無勢と申されるか。まあ、なんとかなろう」

と応じた小籐次は、膝の間に次直を立てて抱えると、座したまま眠りに就いた。

そして、直ぐに鼾《いびき》が響き渡った。

「なんというお方で」

「赤目小籐次様は尋常ならざる人物ですよ、向吉さん。おすみちゃん、おはなちゃん、明日もあるわ、私たちも体を休めましょうかねえ」

おしんが呟き、二人の娘を両脇に抱くように眠りに就いた。

小籐次は夜風が頬を撫でる冷たさに目を覚ました。視界の隅に、大たぶさの脂ぎった大顔が乗った小太りの男が、土間に立っているのが見えた。

派手な羽織を着て、裾を絡げた縞模様の袷《あわせ》の下には股引《ももひき》をしっかりと穿《は》いていた。そして角帯に拵えの大きな長脇差が差し落とされていた。

「こんなところにいやがったか」

おすみが目を覚まして、
ひえっ
という声を上げ、おしんや向吉が目を開けた。

「雷助め、方向違いを追いかけたか」

と呟く大顔は、芦安の大造のようだ。

「神社から夜空に煙が上がると聞いたので、もしやと思ったが、こんなところに駆け込んでいたとはな」

「芦安の大造とはその方か」

小籐次が聞いた。
「おおっ、おれが芦安の大造だぜ」
「雷助と二人の浪人者は、もはやこの世の者ではない」
小籐次が悠然と告げたのを大造が、
「おや、江戸からの密偵かえ。水牢がこれで一杯になるぜ」
と大胆にも応じた。そして、懐に手を突っ込むと短筒《たんづつ》を抜き出そうとした。
小籐次は炉辺に座ったまま、囲炉裏の火箸にすいっと手を伸ばした。
大造がその様子を見て、慌てて短筒の銃口を小籐次に向けようとした。
小籐次の手首が翻って、火箸が虚空に抛《なげう》たれ、大造の喉元に見事に突き立った。
同時に短筒がくすんだ天井裏に、
ずどーん
と発射されて、無益にも穴を開けていた。
大造は背の戸に体をぶつけると、ずるずると腰砕けにへたり込んだ。
銃声に慌てたか、戸口から用心棒たちが次々に飛び込んできた。
小籐次の矮軀が炉辺から、
ぴょん

と飛び起きると、脱兎《だつと》のごとく低い姿勢で土間に走った。

手にした次直が鞘走り、右に左に翻り、斬り分けられた。

旋風が人の群れに飛び込み、土間からさらに表の闇へと暴れ回った。

旋風が止んだとき、社務所の土間から外にかけて五人の浪人剣客と子分たちが斃れていた。

ふーうっ
と一つ息を吐《つ》いた小籐次は、血振りをくれた次直を鞘に戻した。

土間に戻った小籐次は、ぴくぴくと痙攣する芦安の大造の手から短筒を摑み取った。南蛮渡来の、火撃ち式連発短筒らしい。

「おしん、そなたが使え」

「短筒なんぞ使ったことはございませんよ」

「なあに、引金さえ引けば弾丸《たま》は飛び出す。頭の黒い鼠を脅《おど》かす程度には役に立とう」

おしんは受け取ると、短筒の重さを確かめていたが、

「これから千ヶ淵に押し込みますので」

と聞いた。

「仲間を救い出しに行くのだ。これからはそなたの一人舞台よ」

小籐次が髷を切り落とした若い衆は、水牢に江戸の密偵が三人ほど閉じ込められていることを喋った。だが、その中に中田新八がいるかどうかは分らなかった。

「そう仰いますな。最後までお付き合い下さいな」

「柳沢峠で助けられたのが高くついたわ」

小籐次は指を折って数えた。

「尾根で三人、今、大造ら六人を斃したで、都合九人か」

「千ヶ淵には未だ三十人やそこらは残っていましょうが、なあに骨のあるのはせいぜい十人とおりますまい」

「致し方ないわ」

小籐次は、向吉と二人の娘を神社に残すか連れていくか迷った末に、

「一緒に参ろうか」

と誘った。

「お侍さん、私たちもなにかお役に立ちとうございます」

おすみが眦《まなじり》を決した顔で言った。

小籐次の凄腕《すごうで》を見せられ、幾分余裕が出てきたようだ。そして、仲間を助けた

いという気持ちが起こったのかもしれなかった。

山案内の向吉までもが、

「おすみちゃん方に働かせて、男の私がなにもしないでは面目《めんぼく》も立ちません。私にも役目を与えて下さい。千ヶ淵は甲斐国にとっても決してよいことではございません」

と言い出した。

「ならば手順を決めようか」

五人の男女が千ヶ淵潜入の手順を話し合った。

夜明け前、芦安の大造の長脇差を向吉が手にし、二人の娘たちも用心棒が差していた脇差を手にした。

なんとも奇妙な組み合わせの五人組は、未明の山道を千ヶ淵に向って下り始めた。

さすがに甲斐駒ヶ岳の山懐の朝は寒かった。だが、四半刻も山道を下ると、体がぽかぽかと温まってきた。

朝の微光が地蔵ヶ岳の方角から差し込んできた。そして、色鮮やかな紅葉の葉が競い茂って差し掛ける尾白川の流れが、うっすらと見え始めた。さらに下ると、巨岩が行く手を遮るように立ち塞がっていた。千ヶ淵を眼下に望める岩場に五人は這い蹲《つくば》って、山中に開かれた遊び里を眺めた。

朝靄《あさもや》が流れ、蛇行する尾白川の岸辺に千畳敷きと呼ばれた岩場が広がり、その間に建物が点在していた。

明るくなり、流れの上は鮮やかな紅葉に彩られているのが見えた。

小籐次は、千ヶ淵が未だ眠りに就いてはいないとみた。

「女郎宿は一番奥の屋敷二棟です」

おすみが指差した。

茅葺《かやぶ》きの二階建ての堂々とした建屋が見え、樹木がその間に点在していた。

「賭場はどこか」

「真ん中の家ですよ」

とおすみが小籐次に告げた。

「まだ、賭場が開かれているようじゃな」

屋敷全体から熱気のようなものが漂ってきた。

「あれはなにか」

小籐次が指差して聞いたのは、尾白川の流れの上に両岸から四つの櫓《やぐら》が組まれ、そこから蔓《つる》や縄で吊り下げられた六間（約十一メートル）四方の宙吊りの板の間だ。舞台と岩場は狭い板廊下で結ばれていた。

宙吊り舞台は流れの二十間（約三十六メートル）真上にあった。そして、その舞台の背景は白く光って帯のように流れ落ちる神蛇《しんじゃ》滝だ。

「夕暮れ、姉様方が客に踊りを披露する踊り舞台です」

「なんとも奇妙な仕掛けを造ったものだな」

千ヶ淵の遊里全体を高い逆茂木《さかもぎ》の設けられた塀が取り巻き、尾白川下流の出口には鉄砲を構えた街道騎馬組が警護していた。

この遊び里の主が、甲府勤番支配の長倉若狭守実高という大身旗本だった。

江戸から三十余里の山中に、なんとも大胆不敵な遊里を築いたものである。

「水牢はあれか」

閉ざされた裏口付近の岩場に二重の柵囲いがあった。

髷を落とされた若い衆も、裏口近くに水牢があると言っていた。

「はい、金山を採掘した跡にございます」

と向吉が答えた。

「赤目様、夜が明けてはこちらの動きも一目瞭然です。夕方まで待ちませんか」

「おしん、ここはそなたの考えに乗ろうか」

五人は大きな岩場の上から、千ヶ淵の遊び里の半日を眺めて時を過ごすことになった。

五つ半（午前九時）過ぎ、一晩遊んだ客たちが、街道騎馬組に護衛され尾白川を下っていった。それから数刻、門番を残して遊び里は眠りに就いた。

芦安の大造一家の子分たちが、親分を探しに千ヶ淵から駒ヶ岳神社に向った。だが、そこで芦安の大造らの姿を認めることはなかった。

小籐次らが苦労して六人の死体を神社の床下に隠したからだ。捜索隊が空《むな》しく千ヶ淵に戻り、親分の帰りを待つ様子を見せた。

岩場では秋の陽光が差し込み、おすみたちはとろとろとまどろんだ。

腹も減り、喉も渇いた。

だが、千ヶ淵を占拠するまで耐えるしかない。

夕暮れ、尾白川の下流から新たな遊び客がやってきた。その数、およそ三十人か。

最後に夕暮れ前、馬蹄の音が谷間に木霊《こだま》して数騎の武士がやってきた。

「なんと、甲府勤番支配の長倉実高様と長倉様の右腕、支配組頭の奥野武太夫様にございますよ」

と向吉が驚きの声を上げた。

「あの若い衆が甲府まで走ったか」

「そんな根性があるとも思えませんよ」

「ともかく、これで役者が揃ったということよ」

小籐次が門を潜《くぐ》る長倉一行を見下ろしながら、吐き捨てた。

四

暮れ六つ（午後六時）の刻限、尾白川に架かる宙吊りの舞台に灯りが煌々《こうこう》と点《とも》された。それが千ヶ淵の遊び里の幕開けだった。

尾白川に笛、太鼓、三味線の調べが流れ、薄物を纏わされた遊女たちが紅葉の舞台に登場してきて、総踊りが始まった。

その数、五十人はいようか。

建屋に設《しつら》えられた席で酒を飲みながら見物する男たちから、喝采《かっさい》と歓喜の声が起こった。なかには、席に寝そべりながら阿片をくゆらしている者もいた。

踊りが始まった刻限、小籐次とおしんは、柵の一角を切り破って千ヶ淵に潜入し、閉じられた裏門へと接近していた。

金鉱跡に造られた水牢に閉じ込められた幕府の密偵たちを助け出すためだ。

千ヶ淵を見下ろす岩場からの監視で、裏門の警護が三人であることを小籐次らは承知していた。それも芦安の大造一家の子分たちだった。

「親分は戻ってこねえな」

「駒ヶ岳神社からどこへ廻られたんだ」

「そういえば、雷助兄いたちも戻ってこねえぜ」

「いやな感じがするな」

裏門を警護する子分たちの話す声が聞こえてきた。

「こんなことがいつまでも続くわけもあるめえ。おれは、ここいらが潮時だと思うがねえ」

「長倉の殿様に聞かれてみろ。首を刎ねられるぞ」

「くわばらくわばら」

小籐次はおしんをその場に残して、独り裏門に向った。

三人の子分たちは、小さな体の年寄り侍が悠然と歩いてくるのを見て、

（新しく雇った用心棒か）

（それにしては小さいな）

などと考えながら見詰めていた。

「ご苦労であるな」

数間まで歩み寄った小籐次が声を掛けた。

「おまえは……」

次直を抜いて峰に返した小籐次が、肩を丸めていきなり走った。

慌てて六尺棒を構えようとした子分たちを疾風が襲い、峰打ちで首筋や額を叩かれ、その場に崩れ落ちた。

小籐次はおしんを呼び寄せると、岩場に刳《く》り貫《ぬ》かれた格子戸の錠の束を、気を失った子分の腰帯に見付けて、その一本を錠前に差し込んだ。

裏門を照らす松明を一本手にした小籐次とおしんは、格子の中、水牢へと入った。人ひとりがようやく歩ける石段は、真っ暗な地底へとくねくねと続いていた。

岩から滲《し》み出す水音が不気味に響く。

松明の灯りを頼りにどれほど地底へ下ったか。複雑に入り組んだ洞窟《どうくつ》に辿り着いた。そこは十数畳の広さだった。

壁のあちこちに、火が点されていない松明が立てられてあった。

小籐次は手にしていた松明から次々に火を移した。

洞窟の全貌が浮かび上がった。

天井は高く、無数の蝙蝠《こうもり》の巣が見えた。岩場から水が滲み出し、じっとりと湿気っていた。寒くないことがただ一つの救いか。

おしんが洞窟を調べて回り、岩の割れ目に幅半間ほどの格子が嵌め込まれているのを見付けた。その奥から水音が響いてきた。

「赤目様、錠前を」

「ほれ」

錠前の束が渡され、おしんが何本かの錠を穴に突っ込んで試した。

「これだわ」

錠前が開かれ、おしんが、

「だれかおられますか」

と暗黒の洞窟に問うた。その声が岩と水に反響したが、返答はない。

「おしん、灯りじゃあ」

松明がおしんに渡され、おしんが灯りを暗黒の縦鉱へ差し出した。すると地底十五、六尺の深さに穴が穿《うが》たれ、その底を水が流れていた。岩場に張り付いていた蝙蝠が一斉に飛び交った。

ここが水牢か。

「だれもおりませぬ」

と言いながら、松明を移動させるおしんの手が止まり、洞窟に横穴があるのを見付けた。金脈を掘り進んだ跡だろう。

「だれぞおられませぬか」

おしんの叫びに、無精髭に覆われた顔がまぶしそうに現れた。

「中田新八様はおられますか」

しばらく返答はなかったが、先ほどとは別の顔が交替して、

「新八はそれがしじゃあ」

という声が聞こえた。

「おしんにございます」

松明の灯りでおしんは自分の顔を照らした。

「おおっ、おしんどのか」

歓喜の声が響いた。

小籐次は水牢の横穴へと架け渡される梯子《はしご》を見付け、

「おしん、まず中田どのらを救い出すことが先だ」

と言うと、新八らが居住の場所にしていると思える横穴へと梯子を差し渡した。

「ゆっくり上がられよ」

「気をつけて下され」

新八ら幕府御目付の密偵たちが三人、よろよろと梯子を伝い上がってきた。

「新八様、ご苦労を」

「おしんどの、面目ないことだ」

二人の男女が抱き合って再会を喜んだ。

小籐次は三人の捕囚を眺めた。

一人は痩《や》せこけて歩くこともままならない様子だったが、新八ともう一人はなんとか自力で歩けそうな様子だ。

「おしんどの、幕府の手が入ったか」

「いえ、私どもだけにございます」

「なに、そなたらだけとな」

新八が落胆の声を上げた。

「新八様、まずはここを抜け出すことが先決にございますぞ」

「おう、そうじゃあ」

小籐次を先頭にして石段を上がった。

水牢への格子戸に戻り着いたとき、裏門へ近付く灯りがちらちらと見えた。

「おしん、ここにて待て」

小籐次は裏門へと出ていった。すると、気を失った三人の見張りを提灯《ちょうちん》の灯りで照らす甲府勤番支配下街道騎馬組の三人が立っていた。

「なにが起こった」

「千ヶ淵にだれぞ潜入したか」

「奥野様に注進じゃぞ」

「おう」

と問答を交わす三人に、待たれよ、という声がかかった。

三人の侍が顔を上げたとき、小籐次が突進した。

再び次直が一閃、また一閃して三人の若侍たちが崩れ落ちた。

一瞬の早業だ。

「おしん、この方はどなたか」

「赤目小籐次様と申されるお味方にございます」

新八らは、おしんの説明に訝《いぶか》しいと思いながらも頷いた。

「ささっ、早く」

小籐次の呼び声に新八らが水牢を出て、小籐次が斃した街道騎馬組の侍の刀や槍を手にした。

小籐次の凄腕を見せられ、戦う力が勃然《ぼつぜん》と湧いてきたのだ。

小籐次は裏門の小屋に大徳利があるのを見て、そいつを手にした。

「赤目様、どうなさいますな」

「まず向吉どのらと合流じゃ」

「はい」

切り破った柵に戻った小籐次は、柵外の暗がりに潜んでいた向吉と娘二人を低声で呼んだ。

「新八様、援軍が参りました。これが味方の総勢です」

おしんの言葉に新八らが改めて愕然《がくぜん》とし、町人に娘二人の援軍を見た。

おしんは構わず聞いた。

「新八様、お仲間二人はどなたにございますか」

「おおっ、遠国御用を命じられた両番格庭番村垣右平どのと、同じく梶野政次郎どのだ」

徳川吉宗が八代将軍に就いたとき、紀州藩士二百五名を幕臣に編入したが、その中から将軍の耳と目になる御休息御庭之者十七家と別家九家を選び、探索方を命じた。

それが御庭番と呼ばれる隠密方だ。

村垣の捕囚暮らしは一年余に及び、体を痛めつけられていた。

「新八様、村垣様、梶野様。これまで、おすみちゃんたちを追尾してきた者たちを尾根上で五人、芦安の大造らを駒ヶ岳神社で六人、裏門警護の子分を三人、さらには今また街道騎馬組の侍を三人、都合十七人を赤目様お一人で始末なされました」

新八が小籐次を呆然と見て、

「修羅《しゅら》か鬼神か」

と呟いた。

「新八様、驚くには当たりませんよ。赤目小籐次様はこの春、赤穂、丸亀、臼杵、小城藩の四家の大名行列に一人戦いを挑まれ、御鑓拝借という武勲を立てられたお侍、何事がありましょうや」

「なにっ、あの御仁がこの赤目様か。なんとも心強い限りだ」

中田新八は小籐次のことを承知していた。だが、村垣と梶野が遠国御用を命じられたのはそれ以前、御鑓拝借騒ぎを知らなかった。

「反対にわれらは中田どのらを加え、八人になり申した」

と二人の会話に入り込んだ小籐次が、

「さて、改めて戦評定《いくさひょうじょう》じゃな。中田どの、なんぞ知恵はござろうか」

と捕囚であった新八らに意見を求めた。

「赤目どのは千ヶ淵上流にある火薬小屋をご存じか」

「いや、そこまでは知らぬ」

「千ヶ淵を造ったときに使い残した火薬が貯蔵してあるそうな。まずこの火薬小屋に火を放ち、一気に千ヶ淵を騒乱に陥れるというのはいかがにございますな。われら、水牢を逃れたとき、どうするか何度も話し合ってきたことにございます」

「おもしろいな」

「ならば、われら三人が火薬小屋に火を放ちます」

「われらはおすみどのの手引きにて、遊女を助け出そう」

「甲府勤番支配の長倉らはどう致しますか」

とおしんが聞いた。

「今は千ヶ淵を潰すことだ。長倉らの始末は幕府が付けられよう。この際、客には手が回らぬ、逃げる者は致し方あるまい。なにより女たちの命が大事じゃぞ。中田どのらが火薬小屋に火を放ったのを合図に、われらも行動を起こす」

「承知しました」

再び二組に分れることになった。

「お待ちあれ」

立ち上がろうとする新八ら三人を小籐次が呼び止め、大徳利を差し出した。

「気付けにござる」

「これはなにより」

新八ら三人が久しぶりの酒を大徳利に口を付けて飲んだ。さらに向吉が飲み、

「これは、うちで造った酒にございます」

と嬉しそうに言った。

「勇気百倍じゃな」

小籐次に大徳利が戻ってきた。

「おしんは飲まぬか」

「遠慮致しますよ」

口寄に身を窶《やつ》しているとはいえ、老中直属の探索方、出は武家であろう。おしんははしたないと断わったのだ。

「ならば、残りはそれがしが」

と言うと小籐次は、三升は入ろうかという大徳利を両手に抱えると、悠然と飲み始めた。喉が鳴り、酒がぐいぐいと胃の腑に落ちて、あっという間に空になった。

「お見事」

新八が嘆声を上げ、

「武運をお祈り申す」

と小籐次が応じると、二手に分れた。

おすみとおはなの案内で、小籐次ら三人は遊女たちのいる妓楼近くの暗がりに潜んだ。

酒の香とともに、甘酸っぱいような阿片の匂いが建物から流れてきた。

小籐次たちは火薬小屋に火が入るのを待った。だが、新八たちの行動を妨げるなにかがあるのか、なかなか爆発は起こらなかった。

「赤目様、私が見て参りましょうか」

月の位置からすでに夜半を過ぎたと思えた。

「いや、ここでばらばらになるのはまずかろう。騒ぎが起こらぬところを見ると、中田どのらが捕まったというわけでもなさそうだ。中田どのらの合図を待とう」

さらに、ゆるゆると時が流れた。

小籐次らが潜む暗がりに、どこからともなくはらはらと紅葉が落ちてきた。

次の瞬間、千ヶ淵が地面下から突き上げられるように揺れた。同時に閃光が夜明け前の空に走り、爆発音が轟《とどろ》いた。

「やったぞ！」

向吉が叫んだ。

急に妓楼の中が慌しくなり、雨戸が中から開かれ、緋《ひ》の長襦袢《ながじゅばん》姿の女が顔を出した。

「おりく姉様だ！」

とおすみが叫び、

「姉様、助けに参りましたよ。朋輩衆に知らせて下さいな！」

と告げた。

「おすみちゃん、無事だったかい！」

「さあ、早く！」

というおすみの声におりくが一旦姿を消した。

「おしん、向吉どの。女たちを外に出すで、一箇所に集めてくれ」

そう言い残した小籐次が妓楼に飛び込んだ。廊下の向こうに部屋が並び、派手な三つ重ねの夜具の上に男がとろりとした顔で寝そべっていた。そして、まだ幼い顔立ちの娘が部屋の隅で震えていた。

「出よ、助けに参った。外に出るのじゃあ」

娘はこくりと頷くと、廊下から庭へと飛び出した。

小籐次は、

「幕府の手が入った。女たちは建屋の外に逃げよ！」

と喚いて回った。女たちや客たちが次々に廊下に飛び出してきて逃げ惑った。
「庭に出よ。庭に出れば朋輩が待っておる」
小籐次はそう叫びつつ、二階への階段を上がろうとした。
「爺、てめえはなんだ！」
という叫びとともに、芦安の大造の子分たちが長脇差を振り翳《かざ》し、階段上に立った。
「どけ、どかぬと大造同様に、あの世に参ることになる」
「なにぬかしやがる！」
兄貴分が、長脇差を振り下ろしながら階段を駆け下ってきた。
小籐次が、踏み込みざま抜き打った次直を車輪に回した。伸び切った胴を深々と撫で斬られた兄貴分が、
ぎえぇっ
という悶絶《もんぜつ》の叫びとともに小籐次の体の上を飛び、もんどり打って廊下に、
どたり
と落ちて断末魔《だんまつま》の痙攣を起こした。
それを見た弟分たちは凍《い》て付いたように立ち竦んだ。

「こうなりたければ参れ」

小籐次が血刀を提げて階段を上ると、
わああっ
という悲鳴を残して廊下の奥へと逃げ去った。

「娘たちがおらば一階へと降りよ。朋輩が待っておる」

小籐次の声に、うら若い娘たちが長襦袢や薄物一つで廊下に姿を見せ、階段を走り下っていった。

「もう残っておらぬか」

小籐次は廊下の端までゆっくりと歩いていった。阿片に溺れる客がいる部屋、すでに無人の部屋が続いたが、女がいるふうはない。

小籐次は裏階段を下った。

最後の一段を下りて一階の大廊下の端と思《おぼ》しき辺りに出たとき、右手から殺気が押し寄せてきた。

槍の穂先が突き出され、小籐次は体を捻《ひね》り様に千段巻を叩っ斬った。

屋内の闘争を考え、次直を小さな動きで遣った。

矮軀と定寸より短い次直が、屋内の戦いを有利に進めた。

甲府勤番衆が、障子を突き破るように飛び出してきた。

小籐次の腰が沈み、
すうっ
と横滑りするように移動すると、次直を一人の首筋に突き出し、返す刀で二人目の肩口を斬り割っていた。

小籐次は相手が飛び出てきた座敷に自ら飛び込むと、短槍の柄を投げ捨て、剣を抜き上げた三人目に走り寄った。

三人目の勤番衆は慌てて大刀を上段に翳した。切っ先が天井板に食い込んだ。

その胴を次直が一閃した。

そのとき、銃声が響いた。

おしんが放った短筒か。

小籐次は外へと飛び出した。すでに夜明けが来ていた。

白み始めた千ヶ淵に様々な騒ぎが起こっていた。

小籐次らが呼び集めた遊女たち十数人は、おしんと向吉に守られるように肩を寄せ合っていた。だが、尾白川の流れに吊り下げられた舞台に、残りの遊女たち二十数人が乗せられ、それを吊り下げる蔓や縄の側には、大斧を構えた芦安の大造の子分たちが控えていた。中には舞台の床に膝を突いて、泣き叫んでいる娘もいた。

中田新八らも舞台を見下ろす岩場に立っていたが、どうにも手の下しようがなかった。

「おまえらは御庭番か。女郎たちを舞台ごと流れに叩き込むぞ。ほれ、囃子《はやし》方、太鼓を叩け、笛を吹け、三味線を掻き鳴らさぬか！」

と叫んだのは、甲府勤番支配長倉実高のようであった。そのかたわらには組頭の奥野武太夫が刀の柄に片手をかけて控えていた。

調べが始まり、吊り舞台の女たちが朝靄の中、踊り出した。

それはなんとも哀しい光景であった。

錦繡の紅葉がはらはらと散った。

小籐次が千ヶ淵の吊り舞台へと独り進んだ。

「甲府勤番支配の役目を忘れ、金の亡者に落ちた旗本とはそなたか」

「爺、御庭番筋か」

「ちと義理があって、娘らを助け出しに参ったお節介者よ」

「度が過ぎたな。あの娘たちの命が惜しくば、刀を捨てよ」

十間ほど先に、勝ち誇った長倉実高と奥野武太夫がいた。

「赤目様、剣をお捨てになってはなりませんよ！」

おしんの悲鳴のような叫びが響いた。

「よいのだな。女郎たちを尾白川の流れに舞台ごと落とし込んで」

流れの両岸に組まれた足場の縄や蔓を叩き切らんと、子分たちが大斧を構えた。

「切り落とせ！」

長倉の命とともに大斧が振るわれた。縒り合わされた蔓が何本か切れて、吊り舞台が揺れた。

遊女たちの間から悲鳴が上がった。

「さあ、切り落とせ。黒川花魁淵の再現ぞ。踊れ、踊れ、踊らねば流れに落とすぞ！」

狂気に憑《つ》かれた者のように長倉実高が喚いた。阿片を吸ったせいか、あるいは千ヶ淵を破壊されて憤怒に狂ったか、尋常とは思えない言動だった。

「そうれ、切れ。斧を振るえ！」

待て！

小籐次が叫ぶと次直を放り出し、

「女たちを助けてくれ」

と頼んだ。

そのかたわらに奥野武太夫が近付き、

「身の程知らずの爺めが」

と言いながら大刀を抜き放った。

「女郎たちを尾白川へと突き落とせ。同時に長倉が、娘ならばいくらでも集めてこられるわ！」

と叫んだ。

「死ね！」

奥野が抜いた大刀を両手で振りかぶり、据え物斬りに構えた。

「吊り舞台を落とせ！」

という長倉の命と銃声が重なって響いた。

無数の銃声が千ヶ淵を見下ろす岩場から起こった。

放たれた銃弾が、吊り舞台を吊るす蔓を切ろうとしていた芦安の大造の子分たちの胸や腹を射抜き、きりきり舞いさせて流れに落下させた。

小籐次の手が翻り、脇差を抜くと、奥野武太夫の胸に肩をぶつけ、よろめくところに胴斬りを放った。

うう っ
立ち竦んだ奥野が尻餅をつくように転んだ。

「おのれ！」

と、自ら剣に手をかけた長倉実高に走り寄った小籐次が、

「そなただけは死なせるわけにはいくまい。江戸に送られ、吟味を受けよ」

と言うと、峰に返した脇差で額を、
ごつん
と打った。

それが騒ぎの終息の印になった。

小籐次のかたわらに短筒を手に走り寄ったおしんが、

「どうやら、八王子から千人同心が駆け付けたようですよ」

と鉄砲を手に立ち上がった戦仕度の同心たちを見上げた。

「となれば、それがしの役目もこれまで」

脇差を鞘に納め、次直を拾い上げた小籐次が、

「おしん、さらば」

と挨拶した。

「どちらに参られるので」

「行く先は、わしの追っ手どのに聞いてくれぬか」

小籐次は千ヶ淵から日向山の斜面の藪へと姿を没した。

第三章　夕間暮れ芝口町

一

　その日の昼下がり、赤目小籐次は釜無川の流れに接した松林に出た。古文書に、

「白洲松原、或ひは白須と作《か》く。白須・鳥原二村の中間にて、釜無川原に接したる公林なり。四方一里あり」

　と記された松林だ。公林とは幕府の管理地ということである。また、

「松樹鬱《しげ》密《り》て緑の陰、風を含み、河原平曠《ひろく》して白き砂、日に輝き、風景殊に勝《すぐれ》たり」

　と白須の景勝を説いている。

「腹が減ったわ」

と独り言を呟いた小籐次は、背中の砥石の入った包みを結い直し、菅笠の紐を結び直して松林を抜け、甲州道中に出た。

歩きながら懐の銭を確かめた。

一朱と銭が残っていた。

「まずは腹拵えじゃな」

と自らに言い聞かせると、道中を教来石宿へと取った。ものの十町も歩いた街道端に一膳飯の暖簾《のれん》を見付け、入った。

客と思しき小僧を連れた商人の主従が遅い昼餉を食していた。

小女《こおんな》に頼むと、髭面の小籐次に怯《おび》えた様子を見せた。

「飯をくれぬか」

「驚かしたか。山歩きをしていたでな、髭が伸びた」

小籐次が言いかけると、異相に邪気のない笑みが漂った。

「お客さん、おかずは塩鯖《しおさば》の焼物と大根の煮付けだが、それでいいか」

「上等上等」

と答えた小籐次は、

「すまぬが、飯の前に酒を一杯もらいたい。丼でよい」

「あい」

出てきた酒は濁り酒だ。

「これは美味しそうな」

と呟いた小籐次は、両手で受けた丼に口をつけ、ごくりごくりと飲み干して、
ふあっ
という満足の息を吐いた。

「お見事な飲みっぷりにございますな」

めしを食べ終えて茶を喫していた商人が声を掛けてきた。商い旅か、公事《くじ》の道中をしてきたという風情だった。

「汗を掻いたでな。なんとも酒が美味に感じた」

にっこり笑った小籐次は空の丼を置いた。

「それにしても尾白川はえらい騒ぎにございますな」

「なんぞござったか」

「なんぞあったかどころではございませんよ。千ヶ淵の遊び里に幕府の手が入ったんです。八王子や江戸から取り締まりのお役人が続々と入り、まるで戦にございますよ」

と答えたところへ飛脚が、

「すまねえ。水を一杯分けてくんな」

と立ち寄った。

「あいよ、時三さん。水よりはこっちがよかろう」

と一膳飯屋の親父が、茶碗に濁り酒を注いで差し出した。

「こりゃすまねえ」

と茶碗を受け取った飛脚が、

「甲府はどえらい騒ぎだな。驕《おご》る平家は久しからず、長倉実高様は唐丸駕籠《とうまるかご》で江戸に送られるそうだぜ」

「派手にやっていたからね、そろそろ幕府が動く時分と思うたよ」

「手が入るのが遅いですよ。この近郷近在の貧乏百姓の娘が、どれほど泣かされたか」

商人の客も話に加わった。

「おれが街道雀に聞いたところによると、幕府では甲府勤番支配の長倉実高に稼がせるだけ稼がせて、そっくり儲けを横取りして、幕府の金蔵に入れるという噂だったがね。それほど深慮遠謀とは思えねえ」

「ありえます」

と飛脚の話に客が相槌《あいづち》を打った。

「この数年の間に、長倉様が千ヶ淵で儲けた金子は何千両ではききますまい。それを甲州金に鋳直して隠しているという話です。幕府が頃合を見たというのは当たってますよ」

話し好きの商人が首肯した。

小女が小籐次の膳を運んできた。

「頂戴致す」

合掌した小籐次は、塩鯖と大根の煮付けを菜に、丼の麦飯をゆっくりと咀嚼して食べた。

その間に濁り酒を飲み干した飛脚が、蔦木《つたき》宿を目指して走り去った。

「勘定を頼む」

小籐次が銭を払った。もはや数十文の銭が残るだけだ。

客の主従も立ち上がった。

「お侍は蔦木方面ですかねえ」

一膳飯屋の前で肩を並べた主が聞いた。

「信濃に参ろうと思う」

「ならばご一緒しましょうか」

話し好きの商人は懐を無意識のうちに手で押さえた。どうやら集金の帰りだったか、と主従の旅を小籐次はこう睨んだ。

「急ぐ旅でもなし。かまわぬ」

小籐次と主が肩を並べ、小僧が後ろから従った。

「私は高島宿の旅籠の主、高遠屋新右衛門にございます」

「赤目と申す」

とだけ小籐次は答えた。

高島宿とは諏訪因幡守三万石城下、上諏訪のことだ。

「赤目様は信濃と申されましたが、どちらに行かれますな」

「江戸を食い詰めて旅に出た者だ。あてなどない」

「ほう、江戸で食い詰められた方が旅の空では食べられますか」

「研ぎ屋でな。背に負うた砥石さえあれば、なんとか食うくらいにはなろう」

「暢気《のんき》旅ですな。それにしてもお侍が研ぎ屋さんとは珍しい」

三人は上下二宿ある教来石を抜けた。この変わった名の宿は、

「村の西に教来石とて高さ七尺許《ばかり》、竪《たて》三間、横二間許の巨石あり。村名の起こる所なりといへり」

とある。

その教来石の巨岩の頂には、小さな祠が祭られてあった。

「主どのらは蔦木宿泊まりか」

教来石から蔦木まで一里六町、秋の日が落ちるのは早い。その辺が旅人の旅籠を探す宿場だった。

「赤目様はどうなさいますな」

「それがしは夜旅で参る」

「ならば、お願いがございます」

と新右衛門が、それまで迷っていたことを言い出した。

「ご一緒させて下さいませぬか」

「夜道は危ない。そなたのように懐に大事なものを入れておるとな。蔦木宿で泊まられたほうが安心じゃぞ」

「いえ、本来ならば今日中に高島宿に戻り着いていなければなりませぬ。ですが、千ヶ淵の騒動で街道のあちこちで足止めされ、ようやく先ほどのめし屋まで辿り着いて、昼餉を食したところです。できることなら、明朝までに高島宿に戻りたいのです」

「主どの、夜中にそれがしが追剝《おいは》ぎに変身するやもしれぬ。止めておかれよ」

「いえ、これでも旅籠の主、人を見る目はございます。酒の飲みっぷりといい、赤目様が悪人のはずがございませぬ」

「困った御仁じゃのう」

「その代わりと申してはなんですが、高島宿に着きましたら、高遠屋にお好きなだけお泊まり頂き、酒は飲み放題と致します。名物の湯も沸いております。どうですな」

「なんとも断わり切れぬ申し出じゃな」

「なあに甲州道中はよう存じております。明朝には諏訪の湯に浸かり、夜旅の疲れも吹っ飛びます」

新右衛門に小籐次はなんとなく丸め込まれた。

まだ日があるうちに信濃国に入り、信州最初の宿の蔦木宿を抜けた。無論、甲斐と信濃の国境のこと、関所があった。だが、

「御関所出入、女御改《おんあらた》め、男手形《てがたい》要らず」

と男には易《やさ》しい関所であった。

蔦木宿を通り過ぎると、日が沈むのと競争のようになった。山道に入り、小僧が小田原提灯を照らしての旅となる。

蔦木宿から金沢宿まで三里四町二十五間、まずは富士見峠のだらだらとした坂道にさしかかった。

「主どのの旅籠の名は高遠屋というそうだが、やはりご先祖は高遠の出か」

「おっしゃるとおり、四代前まで高遠城下で旅籠をしておりましたよ。赤目様は高遠をご存じですか」

「春先まで大名家に仕えておった。参勤の行列にも加えてもらえぬ厩番でな。江戸の下屋敷界隈しか知らぬ」

「道理でな。永の浪人暮らしではないと睨みましたが、私の勘は当たっておりましたか」

と新右衛門が応じ、

「なぜ奉公をお辞めになりました」

「女中以下の給金では食うていけぬでな」

とだけ答えた。

「研ぎ屋のほうが稼ぎは上ですか」

「と思うたが、なかなかそれもな」

「商いとなれば、何事も大変にございますよ」

さすがに、話し好きの新右衛門も夜が更けて口を閉ざし、三人はひたすら黙々と歩を進めた。

三人が富士見峠を越えたのが、夜半過ぎだった。

「道の半ばは参りましたよ。あと一息です」

新右衛門は自らを鼓舞するように言った。

提灯の蠟燭《ろうそく》を何本か替え、金沢を通過した。

この金沢宿から高島宿、つまりは上諏訪までは三里十四町だ。

長い夜も白み始めた。

新右衛門が安堵《あんど》の吐息を吐いた。

小籐次を信頼し切っていたわけではなさそうな吐息だった。

「もう街道に人の気配がしてきたわ。安心なされ、主どの」

「はっ、はい」

と心中を見透かされた新右衛門が慌てて答えたとき、甲州道中は高遠道、別名杖突《つえつき》街道との追分に差しかかろうとしていた。

朝靄が地表近くを薄く流れていた。

ふいに三つの影が、路傍に立つ杉の大木の陰から姿を見せた。

小籐次が最初に気付き、足を止めた。訝しそうに小籐次の視線の先を見た高遠屋新右衛門が、

「あっ！」

と叫んで懐の金を押さえた。

小籐次は、三人のうちの一人が槍を立てているのを認めた。

「主どの、心配いらぬ。そなたの懐の金子を狙う輩《やから》ではないわ」

「と申されますと」

「この赤目小籐次に用がある者とみた」

「赤目様は追っ手に心当たりがございますので」

「なくもない」

小籐次は、待ち伏せの三人にゆったりと歩み寄った。

間合い十数間で足を止めた。

新右衛門と小僧も小籐次に従っていた。

真ん中に立つ武芸者は身丈六尺一寸余、深編笠を被っていた。

腕も腿《もも》も太く、鍛え上げられた五体の持ち主だった。年の頃は三十六、七であろうか。

道中袴の上に革の袖無し羽織を着て、腰の刀は黒漆大小拵えだ。

「佐賀本藩に関わりのある者か」

相手は黙ったまま一言も発しない。

小籐次はさらに間合いを詰めた。そして、三間余で再び止まった。

「戸田流進藤丑右衛門辰惟どのとは、お手前だな」

わずかに深編笠の下の顔の筋肉が動いた。

「とすると、槍を持たれるそなたが出雲盛永どの。そして、もう一方が皆橋棒之助どのと見た」

右手に立つ出雲はひょろりとした体付きで、左端に控える皆橋は反対に小太りの武士だった。

佐賀本藩が威信をかけて送り込んできた刺客だ。

技量抜群の上、真剣勝負の場数を踏んだ三人と見た。

小籐次は相手を見据えたまま、砥石を包み込んだ風呂敷の結び目を片手で解き、路傍に置いた。

そのとき、高遠屋新右衛門と小僧が立ち竦んだまま小籐次の背後にいることに気付いた。

「そなたら、道の端に避けよ」

と言うと新右衛門はがくがくと頷き、道を外れて、畑の畦《あぜ》に下りた。

それを確かめた小籐次は三人に向き直った。

「赤目小籐次、そなたに遺恨はない。だが、ちと義理あって、そなたの命頂戴致すことと相なった」

進藤が深編笠を脱ぎ捨てると静かに宣告した。

出雲が槍鞘を片手で外し、構えた。同時に皆橋棒之助が剣を抜いた。

進藤は未だ剣の柄に手もかけていない。だが、しっかりと足場を定めていた。

視線は小籐次の動きを凝視していた。

「赤目様」

新右衛門が怯えた声で呼びかけ、小籐次は次直を抜いた。

進藤を正面に見て、次直を正眼に構えた。

「進藤どの、それがしも遺恨はない。だが、事ここに至り、われらが相戦う以上、武芸者の技量を尽して尋常の勝負を望む」
「赤目、よう言うた」
進藤の手が柄にかかった。
その直後、気配もなく小籐次の矮軀が皆橋棒之助に向って襲いかかっていた。
間合いが一気に詰まり、皆橋が突進してきた小籐次の次直を弾いた。そのことを予測していた小籐次は次直を手元に引き付けるようにして、神速の反撃に出た。
一挙動で次直を差し伸ばし、
ぱあっ
と皆橋の喉元を刎ね斬った。
「秘剣漣《さざなみ》」
この言葉が小籐次の口から洩れて、血飛沫を見る前に立ち竦む皆橋のかたわらを駆け抜けた。
出雲が槍の穂先を巡らすと、反転した小籐次に突きかけた。鋭く伸びてきた穂先を、
するり
と横滑りするように躱《かわ》した小籐次の次直が、手元に引き寄せようとした槍の穂

先を下から掬《すく》い上げた。

あっ
という声を出雲が発したとき、穂先と赤柄は切り離されていた。

穂先が飛んで転がった。

さらに、小籐次の動きは迅速を極めた。

赤柄を引き込み、穂先を切り取られた柄の先で突こうとした出雲の内懐に入り込んだ小籐次が、左肩を袈裟に斬り割っていた。

その間、進藤は仲間を助けようともせず、小籐次の動きを冷徹に、
じいっ
と観察していた。

小籐次と進藤は改めて向き直った。

間合いは一間。

互いに相正眼に構え合った。

二人とも互いの目を睨み合った。

背丈が一尺余も違う二人の闘いは、まるで大人と子どもの対決のように見えた。

小籐次も進藤も一撃必殺を考えていた。

進藤の豪剣がゆっくりと上段へ移行し、小籐次の次直は正眼から突きの構えへと変わっていた。
そこで再び不動の姿勢になった。
新右衛門には永久と思える時間が過ぎた。
だが、両者はまったく動かない。
街道を旅人が往来する刻限になり、高島宿のほうからその気配がしてきた。
杉の大木に引っかかっていた落葉が風のせいか、
ふわり
と虚空に舞った。そして、二人が剣を構え合う場へと、
ひらひら
と落ちてきた。
うっ
という押し殺した声とともに進藤丑右衛門が走り、上段の剣が円を描いて小籐次の肩口に落ちた。
ほぼ同時に次直の切っ先が進藤の喉笛に伸ばされた。
死地は一瞬にして切られ、小籐次の矮軀が上段から押し潰すように落下してき

た豪剣を掻い潜って、喉元を突き破った。

ううっ

進藤はそのまま小籐次のかたわらを走り抜け、反転した。そして、剣を今一度引き付けようとして、腰砕けに斃れ込んでいった。

「来島水軍流竿突《さおつ》き」

ふうっ

と小籐次は息と一緒にこの言葉を吐くと、次直に血振りをくれて鞘に納め、路傍に置いた砥石の包みを手にした。

「赤目様」

「主どの。折角《せっかく》のお誘いながら、そなたの旅籠には参れなくなった」

「どうなされるので」

「これで刺客の待ち伏せが終わったわけではあるまい。どこに行っても刺客に付きまとわれるならば、住み慣れた江戸に戻ろうと思う」

と覚悟を披瀝《ひれき》した小籐次は、

「さらばじゃ、高遠屋」

と言い残すと、徹夜して歩いてきた道を引き返し始めた。

二

赤目小籐次が江戸に戻った日は酉《とり》の市の日で、内藤新宿の飯盛宿の主らしき男が大きな熊手を出入りの棟梁《とうりよう》に担がせ、大木戸の方角から戻ってきた。大方、浅草新吉原の鷲《おおとり》大明神にお参りしての帰りだろう。

小籐次は五街道の出入りを佐賀本藩、小城藩の関わりの者が見張っていることを覚悟で、甲州道中を堂々と江戸入りしてきた。

路銀が潤沢《じゅんたく》にあるわけではない。宿場宿場で細々と刃物研ぎをしながらの江戸入りで、帰着には時間がかかった。だが、急ぐ旅ではない。銭に余裕があれば旅籠に泊まり、銭がなければ寺などの軒下で野宿してきた。

菅笠の縁に挟んだ風車がからからと回った。

刃物研ぎに応じてくれた客に贈った、手作りの竹製の風車の残りの一本だ。

（どうしたものか）

と小籐次は迷った。江戸での住まいをだ。

それまで芝口橋北詰めの紙問屋久慈屋昌右衛門の家作の一軒、芝口新町にある新兵衛長屋に世話になっていた。

だが、小城藩の能見一族十三人の刺客からの呼び出しに、一旦は新兵衛長屋を退去しようと後片付けをして、事情を記した手紙を残して出てきていた。

昌右衛門に事前に相談すれば、商い上関わりのある佐賀本藩の御頭人姉川右門に連絡し、戦いを止めようとすることは明らかで、そのことを危惧《きぐ》したのだ。

江戸でも分限者《ぶげんしゃ》として知られる久慈屋は、佐賀本藩にも御用金の融通をしているらしく、佐賀藩としても聞き捨てにできぬ力を持っていた。

御鑓拝借騒動に始まる戦いは、尽きるところ赤目小籐次個人が引き起こした戦い、いつまでも久慈屋に世話を掛けるわけにはいかぬと考えてのことだ。

だが、無断で長屋を出たことは確か。江戸に戻った以上、昌右衛門に一言詫びるのが筋と考え直し、まず芝口へと足を向けた。

江戸に夕暮れが迫り、内藤新宿から大木戸にかけての旅籠や店には赤々と灯りが入っていた。

小籐次は、刺客の待ち伏せを気にしつつも四谷大通りから四谷御門に抜け、長く連なる麹町《こうじまち》を半蔵御門に達して、桜田堀から日比谷堀へと大名家が上屋敷を連ねる外桜田を通り、山城河岸で町屋に出た。

町屋に出た途端、小籐次はほっと安堵の息を吐き、肩や足の力が抜けたことを感じた。

旅が終わったこともあった。なにより江戸の町人たちが暮らす町屋に入って、自由に息が吐ける喜びが小籐次に安堵を呼んだ因だった。

芝口橋はもうそこだ。御堀沿いに土橋に出て、鋭角に曲がる堀端を東海道に向って東進した。すると嫌でも芝口橋にぶつかった。

久慈屋は東海道に面した出雲町の角に堂々たる店を構えていた。

灯りの入った久慈屋の前にしばし佇み、店の様子を眺めた。

そろそろ店仕舞いの刻限で、手代や小僧たちは店の内外の掃除に余念なく、大勢いる番頭たちは大番頭の観右衛門にその日の売り上げなどを報告しているのか、帳場格子の前に顔を揃えていた。

菅笠に差した風車が折からの風を受けて、

くるくる

と音を立てて回った。

その気配を察した観右衛門が顔を上げ、店前に立つ矮軀の老武芸者に目を留めた。しばし沈黙の後、

「赤目様、赤目小籐次様ではございませぬか！」

と叫ぶと帳場格子から立ち上がり、草履を履くのももどかしく、表に飛び出してきた。

「大番頭どの、お世話になった長屋を退去するにも拘《かかわ》らず一言の挨拶もなく、書状のみにて失礼致した。江戸に戻る決心をつけた上は、まず久慈屋どのにお詫びをと、かく参上致した」

小籐次が腰を折って挨拶しようとする手を観右衛門が取って、

「赤目様、ようご無事でお戻りなされましたな。ささっ、早く旦那様の許へおいでなされ。旦那様もどれほど心配なされたか」

「本日は江戸に戻った挨拶にござる。住まいを定め、日を改めてお詫びに罷《まか》りこす」

「なにをとぼけたことを申されておられるので。新兵衛長屋は赤目様がお出かけになった日のままですよ」

「な、なんとお長屋がそのままとな」

「旦那様は常々、赤目小籐次様が帰るべき家は芝口新町の新兵衛長屋をおいてほかにはない、と申しておられます」

観右衛門は小籐次の手を引いて店に入れ、

「ほれ、だれぞ濯ぎ水を持ってこぬか」

「奥にはお知らせしたか」

「台所に、酒を存分に用意せよと命じなされ」

「なんと気が利かぬ人たちか」

と矢継ぎ早の命を発し、店先が俄《にわ》かに騒がしくなった。

濯ぎ水で旅塵を落とした小籐次は奥に案内され、すでに知らせを受けて待ち受けていた昌右衛門の座敷前の廊下に座して、深々と頭を下げた。

「久慈屋どの、恩を仇《あだ》で返すとはそれがしの所業、厳《いか》い世話になりながら挨拶も致さず……」

「お待ち下さい、赤目様」

と小籐次の挨拶を遮った昌右衛門が、

「ようまあ、ご無事でお戻りなされましたな」

と小籐次の小さな五体を検《あらた》めるように見た。

「小金井橋では小城藩の刺客十三人を相手に見事な勝ちを制された由、おめでとうございます」

「さようなことまでご存じか」

「ご存じもなにも、赤目様のことは江戸じゅうが承知ですよ。御鑓拝借に続く小金井橋の決闘は、小城藩の名などは伏せられておりますが、読売になり、赤目様の奮闘が今も語り草になっております。そのうち芝居になるという噂もございます」

「なんとのう」

と呆れ返る小籐次に昌右衛門が、

「ささっ、座敷に入られ、その後の話を聞かして下され」

と廊下から座敷へと誘った。そこへ大番頭の観右衛門自ら指揮して、手代たちに四斗樽《しとだる》を神輿《みこし》のように廊下まで運び込ませてきた。

「旦那様、赤目様の口を開かせるのは、なにをおいてもこれに限ります」

「おお、そうでしたな」

樽の栓が開けられ、一升枡に伏見の銘酒が注がれた。

「赤目様、まずは喉を潤しなされ」

と大番頭に枡を差し出され、

「それがしだけ馳走になってようござろうか」

と昌右衛門を見た。

「ささっ、早くお飲みなされ。そして、旅の話を聞かせて下され」

小籐次の鼻はひとりでにひくついていた。

上酒は台ヶ原宿の北原家で飲んで以来のことだ。

一升枡を両手にした小籐次の顔が自然に綻《ほころ》び、

「頂戴致す」

と言うと枡の隅に口が寄せられ、喉が鳴った。一息に飲まれた酒に座から思わず嘆声が起こった。

「上酒を味わいもせず飲み干すなど、外道の飲み方にござる」

という小籐次に新たな酒が注がれ、三升ほど飲み干して落ち着いた。

「赤目様、お顔に潤いが出てきましたぞ」

観右衛門が言い、

「あとはゆっくりやっていただくゆえ、おまえたちは店に戻りなされ」

と四斗樽を運んできた手代たちをその場から去らせた。

「私が酒番を務めますでな。どこをどう旅をなされていたか、旦那様にお話し下され」

大番頭の言葉に、小籐次は小金井橋の戦い以降の行動をぼそぼそと語った。だが、老中密偵のおしんと出会い、甲府勤番支配の長倉実高の騒ぎに関わった一件は伏せて一切話さなかった。当然のことながら、幕府の機密に関わることだからだ。

だが、小金井橋近くの地蔵堂で待ち受けていた刺客一人、さらには甲州道中と高遠道の追分で三人の刺客に待ち伏せされ、悉く斃した戦いは二人に話した。

「なんと赤目様、佐賀本藩が動いておられると申されますので」

「刺客たちの言動を信じれば、そう推測され申す」

「この家にて佐賀藩御頭人姉川右門様が、小城藩はこれ以上騒がぬ、と約定《やくじょう》されましたぞ。それが、赤目様お一人を討ち果たすために、本家まで次々と刺客を送り込まれましたか。これは聞き捨てなりませぬ。久慈屋の面目まで潰されたのですからな」

と憤慨した。

すでに時代は武から商の時代に移行し、豪商たちが三百諸侯、大身旗本の首根っこをぐいっと摑んでいた。

「久慈屋どの、大番頭どの。それがしが蒔《ま》いた種にござれば、刺客が放たれるのは致し方ござらぬ。第三、第四の刺客が現れそうな気配ゆえ、さすれば旅の空よりも暮らし慣れた江戸にて存分に戦おうと考えまして戻って参った次第です。だが、こちらに迷惑が掛かるのは本意ではござらぬ。新兵衛長屋はそのままにしてあると大番頭どのからお聞きしましたが、それは差し障りがございましょう」

「なにを仰られますな。先ほども申しましたが、もはや赤目様の戦いは江戸じゅうが知るところ、町人なればすべてお味方にございます。そのお方を長屋から放り出したとあっては、久慈屋昌右衛門、どの面下げて江戸で商いができましょうや。今宵はゆっくり店でお休みになり、明日からはまた新兵衛長屋にお戻り下され。よいですな」

と昌右衛門にきつく言い渡されたとき、三人の膳が運ばれてきた。

翌日、芝口新町の新兵衛長屋の木戸を潜ると、版木職人勝五郎の女房おきみが口をあんぐりと開けて、小籐次を迎えた。

「爺様浪人さんよ。どこをふらついていたよ」

「あちらこちらとさ迷っておった。お長屋は変わりないか」

「ないもなにも、おまえ様はえらい腕前じゃそうな。どこぞの大名家を相手に独り戦《いくさ》をしているそうだな。うちの亭主が版木屋から聞き込んできてよ。版木屋にその爺様侍はうちの長屋の住人だと威張ってきたそうだ」

「勝五郎どのにも迷惑を掛けたな」

「なにが迷惑なものか。長屋じゅうが自慢の種だ。まあ、戻ってこられてよかったよ」

小籐次は部屋の戸を引き開けた。すると、ちり一つ落ちていないように掃除がされ、土間には研ぎ仕事の引き物の風車や竹とんぼを作る竹が積んであり、夜具もきちんと部屋の隅に積み上げられていた。どうやら米塩味噌から酒まで揃っている様子だ。

小籐次は背に負うた風呂敷包みの砥石を下ろし、次直を腰から抜いて上がり框に置いた。草鞋の紐を切って草履に履き替え、着古した袷に裁っ付け袴も脱いだ。

桶を持って井戸端に向った。

「旦那、無事でなによりだねえ」

仕事の手を休めた勝五郎が、長屋のどぶ板の路地に姿を見せて、言葉をかけてきた。

「造作をかけたな、勝五郎どの」

「なんの造作や迷惑がありますかえ。驚いたぜ。赤目小籐次が御鑓拝借騒動の張本人とはな。ともかく長屋の自慢だ」

「すべて成り行きじゃ」

小籐次は井戸端に桶を置くと、裏手の堀に舫《もや》った小舟があるかどうか見に行った。すると、手入れが行き届いた舟はいつもどおり杭に繋がれてあった。

小籐次が研ぎ仕事に使う小舟で、久慈屋から借り受けているものだ。

「久慈屋の手代さんや小僧が時折来てさ、舟の手入れをしていったぜ。水も入ってねえや。いつでも使えるぜ」

と勝五郎が堀端に来て説明し、

「あっ、そうそう」

と言い出した。

「おまえさんを訪ねて、女の人が二度ばかり来たぜ」

「野菜売りの娘さんかのう」

小舟から連想して、百姓舟で野菜を売り歩くうづが訪ねてきたかと思った。

「いや、武家屋敷に奉公のお女中だぜ」

「屋敷奉公のお女中とな」

「お女中はよ、なんでも、どこぞの旗本家に勤められるおりょう様と申される方のお使いだ」

おりょうは大身旗本水野監物《けんもつ》の下屋敷を取り仕切る奥女中で、おりょうが奉公に上がったときから承知していた。とはいえ、おりょうと小籐次の間になにがあったわけではない。

初めて出会ったときから白い顔の娘に小籐次は懸想《けそう》した。つまり、おりょうは小籐次の、

「想い女《びと》であり、観音様」

のような存在であった。

「おりょう様に、なにか異変が起こったのであろうか」

「なあに、読売を見ておまえさんのことが心配になられたとか。お使いを出して様子を見に来られたというやつだ」

「安心致した」

部屋もあり、仕事道具も揃っていた。

「明日から仕事に出られそうだ」

「大名相手の戦の決着はついたのかえ」

「わしのほうではとっくについたつもりだが、相手様が許してくれぬ」

「おまえさん一人にきりきり舞いさせられているんだ、大名も面目があらあ。いろいろ智恵を絞ってくるぜ」

と一人得心した勝五郎は、

「だがな、安心しねえ、この勝五郎もおよばずながらおまえさんの味方だ。いや、おれだけじゃねえよ。江戸じゅうがおまえさんの味方だ、力になるぜ」

と右ばかりが太い腕を出して見せた。毎日、鑿《のみ》で版木を彫っているせいで右だけが歪《いびつ》に太いのだ。

「有り難いがなんぞあれば逃げてくれ。怪我をしてもつまらぬからな」

小籐次は井戸端で顔を洗うと桶に水を張り、部屋に持ち帰った。

明日から仕事に出るためには、道具の手入れと引き物を準備せねばと思ったのだ。

まず小刀や鉈を研いだ。そうしておいて竹を割り、竹とんぼや風車を作り始めた。ひたすら仕事に熱中して、いつの間にか夕暮れが訪れていた。

「おおっ、もはやこんな刻限か」

小籐次は竹くずなどを片付けて、手拭を下げた。

仕舞い湯に間に合おうと、着流しの腰に次直と長曾禰虎徹入道の鍛えた脇差を差して、長屋を出た。

行きつけは芝口町の加賀湯だ。

夕暮れ前の湯屋の暖簾を潜ると、番台からおかみさんが、

(おや、この人は新兵衛長屋の浪人だよ)

という顔で迎えてくれた。

小籐次にはそんな表情までもが、

「馴染《なじ》みの町に戻ってきた」

安心感を与えてくれた。

仕舞い湯には数人の男たちが入っているばかりで一日の疲れを癒していた。

小籐次は湯に五体をのびのびと浸して、江戸に戻ってきたことを実感した。

四半刻もしたか、

「湯を落とすよ」

と釜場から男衆が顔を覗かせ、小籐次たちは湯を出た。

あまり綺麗な湯ではなかったが、さっぱりしたことは確かだ。

「飯を食う銭くらい、まだ残っていたはずだ」

と加賀湯を出た小籐次は、何度か立ち寄ったことのある芝口河岸の煮売り酒屋、「寅熊《とらくま》」の縄のれんを肩で分けた。寅熊は一膳めし屋を兼ねていた。

「へえっ、いらっしゃい」

小僧の声にも江戸に戻った懐かしさを感じつつ、がんもどきの煮たものと大根の味噌汁でどんぶり飯を食した。

「毎度ありがとうございました」

という小僧の声に送られて、裏路地にある寅熊を出た。

湯に入り、満腹になった小籐次の顔をなぶるように堀からの夜風が吹き付けた。

そんなどぶ臭い風までが妙に嬉しかった。

新兵衛長屋の木戸がすぐそこに見えるというとき、小籐次の足が止まり、辺りを見回した。

小籐次を見張る、

「眼」

があった。

小籐次は次直の柄に手をかけた。その姿勢で待った。

その直後、
ふうっ
という気配だけを残して、殺気は消えた。

三

夜明け前、江戸にこの年、初めての木枯らしが吹いた。

小籐次が目を覚ましてみると、穏やかな日差しが新兵衛長屋の格子窓の隙間から差し込み、風は止んでいた。

「これは寝過ぎたぞ」

と言いながら、布団の中で手足を伸ばした。夜具の中から温《ぬく》もりが逃げたが、そんなことさえ嬉しく感じる小籐次だった。

もう一度伸びをした小籐次はむくりと起き上がり、夜具を畳んで部屋の隅に積んだ。格子窓を開けて、手拭を手に井戸端に行った。

「のんびりだったねえ」

と、おきみが洗い物をしながら声をかけてきた。

「江戸はよいな。おふくろの懐に抱かれたようで、つい寝過ごした」

「おまえ様の年でも、おふくろ様は恋しいか」

「いくつになっても、おふくろはおふくろじゃ」

とはいえ小籐次は母親さいの顔を知らなかった。小籐次を生んだ折に死んだからだ。

小籐次は釣瓶《つるべ》で水を汲み上げ、桶に水を張ると顔を洗い、ついでに乱れ切った髪を濡れた手で撫でつけた。

「稼いだら髪結いに参ろう」

「そうだねえ。頭がだいぶひどいね」

おきみが小籐次の蓬髪《ほうはつ》を笑った。

「もはや長屋の男衆は稼ぎに出られたか」

「半刻も前に出かけたよ」

「遅くなったわ」

小籐次は急いで長屋に戻ると、昨夜のうちに用意していた砥石や洗い桶、ぼろ布など商売道具を堀端に舫ってあった小舟に積み込み、引き物の風車や竹とんぼを舳《へ》先《さき》や舟縁《ふなべり》の藁《わら》づとに差した。

次直と虎徹入道を腰に差し込み、

「お借り致す」

と呟いた小籐次は、袖無しの綿入れを着込んだ。

昨夜、長屋に戻ってみると、久慈屋から綿入れやら金子が届けられていた。金子は二両と緡《さし》が五つだ。小商い用に要る銭を紐に通した緡は、脇両替などで百文に付き一、二文の口銭をとって交換してくれた。

緡を二本懐に入れて、菅笠を手に長屋を出た。

「せいぜい稼いでおいでな」

「久しぶりの研ぎ仕事、注文があるかのう」

「商いは飽きないといって、毎日通ってなんぼのものだ。一から顔つなぎをするつもりで、丁寧に詫びて回るんだねえ」

おきみに教えられ、小籐次は頷いた。

菅笠を被り、小舟の舫い綱を外して石垣を手で押した。

竿を使い、溜池から江戸の海に注ぐ御堀へと出た。

舳先を汐留橋《しおどめ》に向けて、櫓《ろ》に替えた。

御堀の左右は豊前《ぶぜん》中津藩と播磨《はりま》竜野藩の上屋敷の塀だ。その塀の上から冬の紅葉が水面へと差しかけ、枯れ落ちた葉が流れを赤く埋めていた。

小籐次は佐賀本藩が差し向ける刺客のことなど忘れて、築地川へと入っていった。すると、浜御殿の松の緑が小籐次を迎えた。

(やはり江戸はよいな)

小籐次は心底そう思った。

櫓を握る手にも力が入った。

からから

と風に風車が回り、江戸の海に小舟は入った。

佃島沖には千石船など大型の帆船が碇《いかり》を下ろして停泊していた。摂津辺りから下りものを運んできた船か。

舳先を大川へと向け、鉄砲洲と佃島の間の水路に向けた。すると、荷足り船や猪牙舟《ちょき》、木場に向う材木を組んだ筏《いかだ》などの往来が激しくなった。

その間を漕ぎ上がった小籐次の小舟は、佃島の北側を巻くように舳先を越中島に向けた。大川の河口を横切り、小籐次がまず商いに向おうとしているのは深川蛤町《はまぐりちょう》の裏河岸だ。

小籐次が研ぎ仕事を始めた場所であり、百姓舟の野菜売りうづから商いのこつを伝授された河岸でもあった。なにより、うづに江戸に戻った挨拶をしたいと小籐次は願っていた。

武家方一手橋を潜り、深川の町屋の間を網の目のように縫い流れる堀に小舟を入れた。

小籐次は竹笛を咥えて、
ひゅるひゅる
と乾いた冬空に向って吹いた。

すると、蛤町の裏河岸に舫われた百姓舟から、菅笠に赤い襷《たすき》をかけ、手甲脚絆《てっこうきゃはん》の娘が立ち上がった。そして竹笛の吹かれた堀を見詰めていたが、

「赤目様、お侍さん！」

と叫びながら手を振った。

「うづどの」

小籐次も手を振り返し、櫓に力を入れた。

近くの長屋のおかみさん方が、うづの百姓舟を囲んで野菜を購《あがな》っていたが、その中の一人、おかつが、

「おうづちゃんよ、あの爺様侍、生きてるよ。やっぱり読売が書きたてた小金井

橋の戦は爺様侍の勝ちだったんだねえ」

と感心したように言った。

「赤目様は絶対に死にはしませんよ」

とうづが答え、小籐次は小舟の舳先を百姓舟に並べて止めた。

「うづどの、おかみさん方、ちと仔細があって旅に出ておった。商いを疎《おろそ》かにして相すまぬが、今後もよろしゅうお付き合い下され」

と菅笠を脱いで挨拶した。

「赤目様」

と言いかけたうづの瞼《まぶた》は潤んでいた。おかつが、

「なに言ってんだねえ、おまえ様がしのけたことは江戸じゅうが承知だよ。小さな体でようも大勢の侍と斬り合いをやったものだ」

「それも勝ちときている」

とおかつに別の女が応じた。

小籐次は黙って聞いていた。

「それにさ。おまえ様の研いだ包丁を一度使うと、他の者が研いだ刃物は使えないよ。今、包丁を持ってくるから待ってな」

とおかつが長屋に駆け出した。それに釣られるように、女たちが裏河岸から一旦姿を消した。

「うづどの、そなたらにも心配をかけたようだな。相すまぬ」

小籐次が重ねて詫びると、うづが泣き崩れるのを必死に堪《こら》えて、

「赤目様、もう斬り合いなどありませんよね」

「先方があることとゆえなんとも言えぬが、うづどの、できるだけ避けるようにしよう。またうづどのを心配させてもならぬでな」

小籐次は板を張り出しただけの船着場に小舟を舫うと、小判形の桶に運河の水を汲み、仕事の仕度を始めた。

おかつたちが出刃や菜切り包丁を持って戻ってきた。

「おかみさん、今日は出戻りゆえ、研ぎ代は半値の二十文でよい」

「このお侍、剣術《やっとう》は上手だけど、商いはからっきしだねえ」

と呆れたおかつが、手際よく女たちの手から錆びくれた包丁を纏め、

「お侍、こっちの端から研ぐんだよ」

とか、

「それ、おくまさんは二本だから五十文出しな。しげさんは二十五文でいいや」

と銭まで集めてくれた。

小籐次とうづは蛤町の裏河岸に舟を並べ、小籐次は包丁を研ぎ、うづは客がいなくなると竹籠に大根、慈姑《くわい》、青菜、牛蒡、生姜《しょうが》、鶏卵を入れて、触れ売りに出ていった。

「青菜、だいこーん！　葛飾郡は平井村の野菜に鶏卵ですよ！」

とうづの澄んだ売り声が聞こえる蛤町の裏河岸で包丁を研ぐのは、なんとも幸せな気分だった。

四半刻もすると、一回りしたうづが空になった籠に包丁を入れて戻ってきた。

「赤目様、新しい注文よ」

「うづどのに御用聞きまでさせてすまぬな」

「ついでだもの。なんてことはないわ」

そんな風にして、昼過ぎまで小籐次の研ぎ仕事は絶えることはなかった。

うづの野菜売りも一区切りつき、小籐次の研ぎ仕事も終わって、うづが研ぎ上がった刃物を長屋に返しに行ってくれた。その間に後片付けを済ませた小籐次は、戻ってきたうづに、

「うづどののお蔭で首が繋がった。昼餉に蕎麦など付き合うてくれぬか」

「赤目様、旅の話が聞きたいわ」

「ならば、門前町の船着場に舟を移そうか」

野菜売りと研ぎ屋は舳先を並べて蛤町から富岡八幡宮前に移動し、石段で造られた大きな船着場の一角に舟を舫った。

門前町の蕎麦屋に入ると、すでに昼の刻限は過ぎ、店はどことなくのんびりしていた。

二人は卓袱《しっぽく》蕎麦を注文して、うづが旅の話をまたせがんだ。

小籐次は甲州路の風物やら食べ物、さらには江戸で見るよりも大きく見えた柳沢峠の赤富士の雄大にして荘厳なことなどを話した。

注文の蕎麦が運ばれてきて、親子ほども年の違う二人は、さらに旅の話をあれこれと話し合った。

「ああ、蕎麦も美味しかったし、赤目様の話も面白かったわ。旅に行きたいな」

と言いながら立ち上がったうづが、

「赤目様は昼からどこを回るの」

「まずは歌仙楼に挨拶に参るつもりだ」

「女将《おかみ》さんが待っていたもの。それがいいわ」

うづは言うと、

「残り物だけど、この大根を女将さんに差し上げて」

と、小籐次がすっかり無沙汰をした客の前に出やすいように、土産まで持たせてくれた。

「これは痛み入る」

二人は船着場で別れた。

うづの百姓舟が視界から消えるまで見送った小籐次は、永代寺と富岡八幡宮の門前町に軒を連ねる料理茶屋の一軒、歌仙楼の裏口に顔を出した。すると、女将がなにか物思いに耽《ふけ》るように煙草をふかしていた。

「女将どの。無沙汰をして申し訳ござらぬ」

と言いかけた小籐次を振り向いた女将おさきが、

「おや、おまえ様か」

と呟くように言った。

「うづどのから、残り物ですがお使い下さいと預かって参った」

「おうづちゃんの大根は瑞々《みずみず》しくて美味しいからね」

と答えたおさきだが、どことなく元気がない。

小籐次はまた包丁の研ぎを願いますというのも憚《はばか》られて帰りかけた。だが、

「女将どの、どこぞ気分でも優れませぬか」

と聞いてみた。

ふいに小籐次の顔を振り向いたおさきが、

「おまえ様にも見抜かれたかえ」

と力なく答えると、

「この店さ、人手に渡りそうなのさ」

と呟いた。

歌仙楼は門前町でも上の部の料理茶屋で、客足もいいと聞いていた。

「女将どの。そりゃまたなぜかな」

煙管《きせる》をぽんぽんと叩いて灰を捨てたおさきが、

「旦那がねえ、悪い妾《めかけ》に引っかかってさ、店を担保《かた》に博奕をしたとかしないとか。なあに、いんちき博奕に決まっているが、すってんてんに負けてこの態《ざま》だ」

「旦那は博奕がお好きか」

「仕事一筋、ちょいと余裕が出て、女と博奕に手を出したのさ」

よくある話だ。

「昨日、うちの仮証文を持って金貸しというのが来やがった。旦那を問い詰めたら、近頃妾にした女の家で博奕をして、店の仮証文を書いて爪印までご丁寧に押したというじゃないか。呆れてものも言えないよ。この店は、旦那と私が汗水垂らしてここまで大きくした料理茶屋だ。それが一夜で他人の手に渡るなんて許せるかえ」

おさきの目に涙が浮かんだ。

「女将どの。節介は承知じゃが、金貸しの名はなんと申されるな」

「三十間堀の木挽町《こびきちょう》一丁目の鉄火質《てっかじち》、一得屋伍兵衛と名乗りましたよ。因業《いんごう》そうな親父でねえ、浪人者の用心棒を連れてた」

鉄火質とはお上の鑑札を受けた質屋のことではない。請人《うけにん》もとらず質札も出さずに、ただ物をカタに取る脇質《わきじち》というもぐり質屋があったが、これはひと月限りの期限だった。それが、官許の質屋と脇質がいっしょになった鉄火質というものが生まれ、博奕場に品を置いて駒札を貸した。

この期限が五日から十日であった。無論、定法に適《かな》った質屋ではないが、いつの時代にも博奕場の熱気に負けて、身上《しんしょう》まで入れあげる人間が後を絶たなかった。

「女将どの、期限は何時《いつ》でござる」

「あと四日、いや、昨日の今日だ。今日を入れて三日だねえ」

「旦那の妾の名はなにか、どこに住んでおるかご存じか」

おさきが立ち上がって小籐次を見た。

「おまえ様、そんなこと聞いてどうする気だねえ」

「できるかできぬか、このお店乗っ取りの裏を調べてみようと思うてな。女将どの、お節介は重々承知じゃが、黙って他人に渡してよいものか」

「とはいうものの、もはやどうなるものでもあるまいよ」

と投げやりに答えたおさきが、

「海辺《うみべ》大工町《だいくちょう》の霊巌寺裏に、小体《こてい》な黒板塀を買って与えたらしいよ。妾はお万といって、元は櫓下《やぐらした》の女郎《じょろう》だそうだ。まさか、この足元で亭主がそんなことをしていたなんて気が付かなかったとはねえ。おさきも焼きが回ったもんだ」

と最後は自嘲した。

「女将どの、自暴自棄《やけ》になってはならぬ。最後の最後まで、沽券は一得屋伍兵衛に渡さぬことだ」

「だが、おまえ様、亭主を質に取られているんだよ。亭主の命か、沽券かと言われて、亭主を見殺しにできるかえ」

「亭主どのは、どこに囚われておるのかな」

「それが分りませんのさ。どうやら妾のお万と一緒じゃないかと思うのだけどねえ」

「なんとしても期限ぎりぎりまで堪えて下され。よいな」

それでも一筋の糸に縋る目で、おさきががくがくと頷いた。


小籐次は昼からの商いを止めて、小名木川《おなぎ》に小舟を回した。

霊巌寺北側の海辺大工町に、歌仙楼の亭主五郎八が妾のお万に買い与えたという妾宅が見付かった。だが、もはや人が住んでいる気配は見えず、近所の人に聞くと、

「歌仙楼の五郎八さんの妾かえ。なんでも妾宅を叩き売ってどこぞに引っ越したぜ」

という返事だった。

「ここに妾宅を構えられたのは、いつのことでござる」

「半年も前のことかねえ」

それが早々に売り渡されたという、なんとも不思議な話だ。

「ここでは、博奕がしばしば行われておったかな」

「五郎八さんが買われてから、三日にあげず素人博奕が開帳されていたようだがねえ。なんでも、お万さんが諸肌《もろはだ》脱ぎで壺を振るとか振らないとか。五郎八さんが近くの床屋で、その姿がなんとも悩ましいとか艶《つや》っぽいとか自慢して、やに下がっていたそうな」

小籐次は、お万という妾もぐるで歌仙楼を乗っ取る企てかと思った。

こうなれば素人では太刀打ちできない。次に小籐次が小舟を回したのは、御用聞き、難波橋の秀次親分の家だ。

折よく秀次は家にいた。

「これはこれは、どえらいお方が飛び込んでこられたぜ」

秀次が小籐次を神棚のある居間に通した。

「赤目小籐次様、おまえ様一人に肥前国の大名が大騒ぎだ。なんでも、小金井橋でえらい騒ぎがあったそうな」

「さてのう。さようなことがあったとは聞いておらぬが」

小籐次は町奉行所に繋がる御用聞きの前ではとぼけた。

「まあ、おまえ様の立場では、はいはい、あれはそれがしの仕業と言いにくかろう」
　納得した秀次が、
「今日はまたなんですねえ」
　と聞いてきた。
　小籐次は、たった今知ったばかりの話を告げた。
　秀次の目が途中から光り出し、話を終えたとき、
「木挽町の一得屋にはこれまでも煮え湯を飲まされてきましたよ。今度ばかりは
お縄にしますぜ」
　と張り切った。
「赤目様、歌仙楼の亭主は遊び慣れてねえようだ。茶屋乗っ取りを仕組まれたね
え。ちょいと時間を下さいな」
　と請け合ってくれ、小籐次はいささか肩の荷を下ろした。

四

　翌日から小籐次は、昼前までは蛤町の裏河岸に舟を止め、町内を回って研ぎ仕

事の注文を取って歩いた。そして、昼過ぎからは歌仙楼の裏口でひっそりと砥石を並べ、おさきが出してくれた包丁などを研いで時を過ごすことにした。

歌仙楼の陥った危難を聞いたうづは、

「赤目様、女将さんがお困りになるようなことはありませんよね」

と心配した。

「なんとも言えぬが、そうそう簡単に悪人ばらの手に渡してなるものか」

「そうよね」

小籐次は昼過ぎから五つ半（午後九時）過ぎまで歌仙楼の様子を見守ったが、鉄火質の一得屋伍兵衛が姿を見せる様子はなかった。

時折、おさきが小籐次に温かい饂飩《うどん》や握り飯を運んできては、

「おまえ様に寒い思いをさせてすまないねえ」

と言いながら立ち話をしていった。

歌仙楼は店を開けていた。だが、主が姿を消し、奉公人は店の権利が他人に渡るのではと危惧していたため、どことなく活気がなかった。

小籐次に出される包丁もどこかぞんざいな使われ方で、思わぬところが欠けていたりした。

使用人の心持ちというのは直ぐさま道具にまで表れるものか。小籐次は妙な感心をしたりしながら見守った。

小籐次が帰り仕度をする様子に、おさきが裏口に顔を見せ、

「お帰りかえ」

と聞いた。その声音は心配そうだった。

「女将どの、おそらく事が動くのは明日のことだ。明日はこの刻限まで一得屋が現れないようならば、徹夜して見張りますでな。ご安心を」

「ありがとうよ」

急に声の調子にまで張りがなくなった。だが、おさきは夜の大川を渡る小籐次のために、徳利に酒と茶碗、それにお重に夕餉まで用意して、

「長屋に戻って食べておくれ」

と差し出した。

「頂戴致す」

小籐次は商売道具を担ぎ、徳利とお重を提げて船着場に戻った。すると、小舟の脇に猪牙舟が横付けされ、男が煙草を吸っていた。

煙管をふかすたびに闇に火が、

ぽおっ
と点った。

難波橋の秀次親分だ。

「赤目様、ご苦労にございましたな」

と秀次が見張りを労《ねぎら》い、

「子分どもに、歌仙楼の表と裏を見張らせておりますよ」

「さすがに親分じゃ。気がつかなかった」

「裏口は、赤目様がいなくなったら交替しろと命じてございます。遠くから様子を窺っていたのでございますよ」

と笑った様子の秀次が、煙管をぽーんと船縁で叩くと、まだ火が点《つ》いた煙草が水に飛んで、
じゅっ
と音を立てた。

「赤目様、表櫓の遊女屋橋屋に勤めていたお万には、壺振りの菊三って情夫《いろ》がついてましてね。この二人、博奕仲間だ。そのお万の様子に惚れて、遊び慣れない歌仙楼の五郎八が溺れてしまった。遊女が手練手管《てれんてくだ》を使って門前町でも名代《なだい》の料

理茶屋の亭主を虜《とりこ》にしたんだ。そう簡単に女郎蜘蛛《ぐも》の網から逃れることはできますまい。三十七両も払ってお万を身請けまでしたうえに、妾宅を海辺大工町に構えることになった……」

と秀次が探索の成果を披露した。

小籐次は徳利の栓を抜くと、茶碗になみなみと注いで、

「寒さしのぎに、一杯いかがかな」

と差し出した。

「こりゃどうも。熱燗《あつかん》たあ、うれしいね」

と秀次がきゅっと一杯ひっかけ、茶碗を小籐次に返した。それに酒を新たに注いだ小籐次は、秀次の話に耳を傾けながら茶碗に口を付けた。

「お万が腕を発揮しだしたのはそれからだ。素人風に装った博奕仲間を集めては、五郎八に都合のよい賽《さい》の目が出るよう情夫の菊三に壺を振らせた。時にはお万自身が諸肌脱ぎで壺を器用に振るものだから、勝ち続ける五郎八は有頂天になった。無論、博奕の後の閨《ねや》では、お万が秘術を尽して五郎八に里心がつかねえように仕掛けていたのでしょうよ。頃合を見た一味は、大勝負に五郎八を誘い込み、店の仮証文で鉄火質から三百両の金子を借りさせ、本気勝負に誘い込んだ。こうなれ

ば素人が太刀打ちできるもんじゃありませんや。まあ、見事な仕掛け博奕だ」

「鉄火質の一得屋伍兵衛も一味だな」

「へえっ。伍兵衛が頭分で、お万、情夫の菊三を使い、客も連中の息がかかった者たちです。これまでも内藤新宿、千住と住み替えながら獲物を物色し、客足のよい店の主を博奕と女に溺れさせて何軒も乗っ取り、直ぐに店を転売してました」

「一味が乗り込んでくるのは、期限の明日と見てよかろうか」

「まず間違いないところでさ」

と答えた秀次が言い足した。

「内藤新宿の油問屋雁《かり》がね屋の若旦那與之助《よのすけ》が引っ掛かったときには、期限ぎりぎりの深夜に乗り込んできた。雁がね屋では弱みがあるものだから、お上に届けずに腕の立つ用心棒を雇った。麴町の町道場主、新陰《しんかげ》流の佐々木勇作と高弟ら三人で待ち構えていたそうな。一得屋伍兵衛は平然としたもので、與之助がいんちき博奕に引っ掛かったというのなら、鉄火質で融通した四百両に利息をつけた五百両、耳を揃えて返せと矢の催促。佐々木勇作らが出ていくと、伍兵衛の用心棒殿ヶ谷素伝という痩身《そうしん》の剣客と佐々木らとの真剣勝負に店の譲渡を賭けるか、と

申し出たそうな」

「雁がね屋は乗ったか」

「乗りました」

　と秀次が答え、

「一対三の勝負は無残な結末を迎えたそうな。素伝は尾張柳生を破門された剣術家とかで、一撃必殺の居合いを遣うそうです。めっぽう腕が立つ者のようにござございますよ」

　小籐次はしばし沈思した後、

「親分、なんぞ考えはござろうか」

　と老練な御用聞き、秀次の考えを聞いた。

　仕掛けがあったとはいえ、五郎八が博奕で店の譲渡を記した仮証文に爪印を押して、それをカタに鉄火質から三百両の大金を借り受けたのは確かなようだ。公になれば歌仙楼の五郎八もただではすまない。

「歌仙楼に乗り込んでくるのは鉄火質の一得屋だけにございましょう。わっしはなんとしても、お万と情夫の菊三の行方を突き止めて、いんちき博奕のからくりを吐かせまさあ」

「となれば、わしの役目は、女将どのが一得屋伍兵衛に沽券を渡さぬようにすればよいのかな」

「お万と菊三の野郎をとっ捕まえて吐かせるまで、なんとか間を繋いでおくんなせえ」

「承知した」

「赤目様、わっしはもう少し様子を見て引き上げます」

「ならば酒を残していこう」

と徳利を手にした小籐次に手を振った秀次が、

「酔いどれ小籐次の酒をはねたとあっちゃあ申し訳ございませんよ。大川には冷たい風が吹いていまさあ。熱燗で温まりながら渡りなせえ」

と断わった。

小籐次は小舟の舫い綱を解きながら、

「それにしても酔いどれ小籐次とはまた、ご大層な名でござるな」

「なあに、わっしが言い出したことじゃあございません。小金井橋の決闘の経緯《いきさつ》を書き綴《つづ》った読売屋が言い出したことだ。今や江戸じゅうが酔いどれ小籐次と葉隠大名との戦を見守ってますよ」

と笑って、小舟の舳先を運河の真ん中に押し出した。
「気をつけて川を渡んなせえ」
秀次の言葉に送られ、小籐次は艫《とも》に腰掛け半身になって櫓を使いながら、門前町の船着場から堀を伝い、大川に出た。すると筑波颪《おろし》が、
ひゅっ
と川面を吹き渡った。小籐次は徳利を膝の間に置いて、熱燗の酒を飲みながら、小舟を佃島と鉄砲洲の間の水路に入れた。

翌朝、小籐次は加賀湯に朝湯に浸かりに行った。

なにが起こるにしろ、身綺麗にしておこうと思ったからだ。新湯《さらゆ》に身を浸して五体を伸ばすと、昨夜の寒さが嘘のように思えた。

脱衣場で下帯を新しいものに替え、さっぱりした気分で加賀湯を出た。

新兵衛長屋に戻った小籐次は、昨夜の残りの菜で朝餉を食した。料理茶屋の料理だ。江戸前の魚が衣をつけて揚げられていたりして、美味だった。

空になったお重を井戸端で洗い、徳利と一緒に風呂敷に包んだ。

「旅に出ていたと思ったら、えらく熱心に稼ぎに出るじゃないか。昨夜もだいぶ

遅かったねえ」

と井戸端で洗濯をするおきみが、小籐次に話しかけた。

「いざこざに巻き込まれておってな」

「大名との戦かえ」

「そうではない。贔屓《ひいき》先の諍《いさか》いだ」

「おまえ様も忙しいねえ。身は一つだよ、せいぜい気をつけな」

とおきみに諭されて、

「まったくもって、おきみさんの言うとおりだ」

と部屋に戻った。

小籐次は歌仙楼の裏口に店を広げながら、近所を回り、研ぎの御用を聞いて回った。すると何軒もの料理茶屋が、

「おまえ様が酔いどれ小籐次様かえ。その年で三十五万石に刃向うとはえらいものだねえ」

とか、

「およばずながらおれが付いている。なんぞあればうちに駆け込みな」

などと言いながら、商売ものの包丁の研ぎを任せてくれた。

その昼からはただ砥石に向って研ぎ仕事を続けた。

冬の日が、
すとん
と落ちて、辺りが闇に包まれた六つ（午後六時）、歌仙楼が俄かに慌しくなった。表に鉄火質の一得屋伍兵衛が乗った駕籠が横付けされ、伍兵衛と用心棒の殿ケ谷素伝が歌仙楼の帳場に向った。

予測よりも早い刻限の訪問だ。

難波橋の秀次親分の手下《てか》銀太郎が裏口に走ってきて、一得屋の到来を告げた。

「親分はまだかな」

「なんでも、菊三とお万の住処《すみか》が御蔵前片町裏とおよその見当はつけたらしいが、そこからが苦労しているようです」

「どうしたものかのう」

「あの女将さん一人では太刀打ちできませんぜ」

「よし、なんとか親分の到来まで間を繋ごうか」

小籐次は商売道具を手早く片付けるついでに道具の中から小刀を選び、懐に隠した。暇にあかせて研ぎ上げたばかりの小刀だ。ふと思いついていま一つ、残っていた引き物の竹とんぼを白髪交じりの髷に挿した。

歌仙楼の裏戸は開いたままだ。その戸から料理茶屋の広い台所の土間に入ると、おさきがおろおろとしていた。銀太郎も従ってきた。

「女将どの」

「あぁっ、おまえ様、どうしたもので」

「しばし間を繋いでもらえませぬか」

「亭主の命はどうなってもいいかと凄まれたら、私ひとりではどうにもなりませぬよ」

「わしが同道しよう」

「おまえ様が」

とおさきが喜色を浮かべた。

小籐次は刀を鞘ごと抜くと、綿入れの袖無しも穿き古した袴も脱いだ。

「こちらの番頭さんになんとか格好が整えられぬか」

おさきが、

「番頭ねえ」

と言いながら着付けと髷を直し、襷がけに前掛けをさせると、ひねた番頭ができた。小刀を前掛けの下の帯に挟んだ。

そこへ仲居が飛んできて、

「女将はまだかと、お客様が矢の催促にございます」

と知らせてきた。

おさきが覚悟を決めたように、小籐次に作り笑いをしてみせた。

「参ろうか、女将どの」

おさきが先に帳場を出た。

二階座敷では鉄火質を闇で営み、一夜にして巨額の金銭を動かすという一得屋伍兵衛と用心棒の殿ヶ谷素伝が、苦虫を嚙み潰した顔で酒を飲んでいた。

「お待たせ申しました」

とおさきが座敷に入った。

腰を屈《かが》めた小籐次は廊下に控えた。

伍兵衛は顔も体も丸く、両眼までもがまん丸で一見愛嬌のある風采から、鋭く尖《とが》った光を上目遣いに放っていた。

素伝は反対にひょろりとした痩身で、黒小袖の肩が角ばって見えた。直ぐさま抜き上げられるように、左側に茶蠟塗の大刀を置いていた。

じろりと小籐次に険しい視線をやった伍兵衛が、

「沽券を頂きに参りました、女将さん」

「亭主はどこにおりましょうか」

「おや、お戻りではございませんか」

「戻りもなにも、人質にとられたままですよ」

「となれば、妾のところかねえ」

と伍兵衛がとぼけた。

「そんな。うちの亭主の顔を見ない以上、この店の沽券など渡せませんよ」

「女将さん、私はこうして三百両を即金で融通しております。もうこの店の買い手も見つけてございましてな。二、三日内には代替わりしたいと私が参じました」

五郎八が鉄火質で金を借り受けるときに出した仮証文をちらつかせた。

「そうは言われても、肝心の亭主がどうしたとも女房の私に話してないこと、大事な店の沽券を渡せましょうか」

「女将さん、これはおまえさんの亭主の手蹟《て》と爪印ですよ。商売人がこのわけを知らないはずもない」

「だから、亭主に」

「亭主は妾の手管に骨抜きでねえ、どこぞに道行きと洒落《しゃれ》たんじゃないんですかねえ。私も忙しい体、こんな押し問答をする暇はございませんよ」

と言った伍兵衛が、

「鉄火質は期限が短いんだ。女将さん、なにがなんでも期限の今日中に頂いて参りますよ」

と凄んだ。

殿ヶ谷素伝が大刀を手に、おさきへにじり寄ろうとした。

「一得屋さん。期限は今日中なれば、あと三刻（六時間）ほどはございますな」

と小籐次が囁くように言った。

「おまえさんは」

「この家の番頭にございます」

「驚いたねえ、いつの間に番頭がしけた爺に替わったのかねえ。歌仙楼の番頭は元蔵という中年男のはずだ。おまえさんはだれだえ」

「正体が知れましたか。出入りの研ぎ屋でな」

と小籐次が答えたとき、銀太郎が、

「親分からご注進だ。五郎八さんを御蔵前片町裏の長屋で見つけたそうですぜ。お万も壺振りの菊三もとっ捕まえたそうな」

と報告した。

「秀次親分はいつ参られるな」

「大番屋に二人の身柄を預けてこっちに出張《でば》るそうな。あと四半刻はかかりましょうか」

伍兵衛が立ち上がり言い放った。

「素伝先生、力ずくでも沽券を取り上げて下さいな。引き上げますよ」

素伝がおさきににじり寄った。

「お待ちなされ」

小籐次がおさきの背から体を両手で抱えて、
ひょい
と廊下に回して出した。

矮軀からは想像もつかぬ大力だ。

「おぬし、町人ではないな」

素伝が片膝を立てた。

小籐次は髷に手を回すと竹とんぼを摑み、指で捻った。

ぶーん
と、竹とんぼが素伝の顔へ襲いかかるように這い上がっていった。

立ち上がりながら素伝が思わず剣を抜いて、竹とんぼを両断した。

その瞬間、小籐次は前掛けの下に差し込んでいた小刀を抜くと、素伝の喉首に抛った。

素伝が竹とんぼを両断した剣を虚空で跳ね上げ、反転させようとした。だが、切っ先が天井板に食い込んだ。

直後、小刀が素伝の喉首に突き立った。

ぐえっ
と痩身が硬直して立ち竦み、後ろ向きに倒れていった。

痙攣する素伝を見詰めながら、

「一得屋伍兵衛、今宵限りで鉄火質は店仕舞いじゃぞ」

と宣告すると、手にしていた仮証文を摑み取り、行灯《あんどん》に翳した。

「お、おまえは」

「赤目小籐次、またの名を酔いどれ小籐次というそうな」

と言い放った小籐次が、

「銀太郎さん、伍兵衛に縄を打たれよ」

と声をかけた。

「へえっ、合点だ」

仮証文が燃え出し、小籐次の背でおさきがふいに泣き出した。

第四章　追腹暗殺組

一

小籐次は、朝から久慈屋の店の一角に砥石を並べて、商売ものの鋏《はさみ》に小刀、小鎌、それに台所で使う包丁などをせっせと研いでいた。

堀に止めた小舟で仕事をするには、もう川風が冷たすぎた。そこで、大番頭の観右衛門が広い店の一角、日差しが差し込む土間に筵《むしろ》を敷いて場所を造るよう、小僧の国三に命じたのだ。

その国三は、仕事の合間に顔を覗かせては、

「赤目様、日が移ったよ。場所を変えようか」

などと言いながら、小籐次の仕事ぶりを興味深そうに見ていく。すると古手の

番頭から、

「小僧さん。おまえさんは紙問屋の小僧ですか、それとも研ぎ屋さんの丁稚《でっち》かな」

と皮肉が飛び、国三は慌てて仕事に戻った。

昼までに七本を仕上げた。

台所から包丁を取りに来た女中頭のおまつが、

「昼ができているよ」

と台所に誘った。

「久しぶりにおまつさんが采配を振るった昼餉を食せますか」

「寒いからね、煮込み饂飩だよ」

「ほう、それは美味しそうな」

小籐次が具だくさんの饂飩を食べ終えて店先に戻ると、難波橋の秀次親分が大番頭の観右衛門と話していた。

「先日はご苦労にございました」

秀次が小籐次に礼を述べた。

あの騒ぎの直後に、秀次が鑑札を受けている旦那、南町奉行所定廻《じょうまわり》同心《どうしん》近藤精兵衛と駆け付けてきた。若い同心がまだ血の臭いが漂う現場を仕切り、秀次と二人して後始末をてきぱきとつけたものだ。

殿ヶ谷素伝の死体は縄をかけられた一得屋伍兵衛と一緒に御用船に乗せられ、奉行所の小者や秀次の手先たちの警護で大番屋まで運ばれた。

あとには近藤と秀次が残り、その背後には面目なさそうな歌仙楼の五郎八がいた。

「五郎八の旦那、後日、裁きの折には南町からのお呼び出しがあります。そんときはご足労願いますよ」

秀次が言った。

五郎八はお万と一緒のところを秀次と手先に踏み込まれ、身柄を確保されたのだ。その五郎八が、

「へえっ」

と蚊の鳴くような声で返事をした。

「南町の旦那、親分さん。私がこの人の首っ玉に縄をつけてもお白洲《しらす》まで連れて参ります」

と急に元気を取り戻したおさきが請け合った。

それを確かめた小籐次は、ひっそり騒ぎの場をあとにすると、商売道具を抱えて小舟に乗り、大川を渡って芝口新町に戻ったのだ。

「いや、わしこそ親分のお力で得意先を失わずに済んだ。真《まこと》に有り難うござる」

小籐次は白髪頭を下げた。

「近藤の旦那が、赤目小籐次様にはちゃんとご挨拶申し上げたかったと残念がってましたぜ」

「わしは、世間を騒がせておる人間でな。町方の同心どのと大っぴらに顔を合わせられるわけもない。遠慮申し上げたのだ」

「近藤精兵衛様は話の分った旦那ですよ。気になさることなど、なにもなかったんですぜ」

と秀次が笑った。

「近藤様は代々うちのお馴染みでしてねえ、当代も道理を心得たお役人です。まあ、これから顔を合わせることもございますよ」

と観右衛門も言い添えた。

「赤目様のお蔭で鉄火質の一得屋伍兵衛一味をお縄にすることができました。番屋に引っ張られたお万と菊三が直ぐにぺらぺら喋りましたんでねえ。未遂に終わった歌仙楼の他に余罪が七、八件は下らないことが分りましたよ。まあ、極刑は間違いないところでしょう。南町では近藤の旦那ばかりか、赤目様になんとかお礼を申し上げねばという話が持ち上がっているそうですぜ」

「親分、それだけは平《ひら》にご容赦《ようしゃ》願いたい。それより歌仙楼の商いが続けられるよう、よしなにお願い申す」

「旦那の五郎八はしょぼんとしてますがねえ。女将のおさきが張り切って店を開けたという話ですぜ」

「それを聞いて安心致した」

その昼下がり、小籐次はほっとした気分で刃物を研ぎ続けた。心持ちは直《ただ》ちに手先に影響して、昼からの研ぎのできがよいように見受けられた。

手代の浩介も研ぎ上がった小刀を美濃紙の裁断に使い、

「大番頭様、赤目様の研がれた小刀の切れ味の鮮やかなこと、見事にございます。力も入れぬのに、すいっと勝手に切れていきます」

と観右衛門に報告したものだ。

この日一日、久慈屋で働いたが、さすがは大店《おおだな》の紙問屋だ。刃物類はきりがないほどあった。

「赤目様、明日もお願いできますな」

と観右衛門に釘を刺されて、

「明朝早く、引き物に使う竹を切り出しに参る。少し遅くなるかもしれぬが、必ず伺います」

と約束し、一日の仕事を終えた。


翌朝、まだ薄暗いうちに、赤目小籐次の姿は東海道の品川宿裏手の今里村の竹藪にあった。

この今里村の隣の白金猿町には、赤目家が奉公してきた豊後森藩一万二千五百石の下屋敷があった。小籐次が物心ついたときから育った屋敷だし、この春先まで勤めていた。

そもそも大名家の下屋敷の使われ方は、藩主一族や重役方の静養のための別邸、または藩主の隠居所であろう。だが、貧乏小名の森藩ではそのような気の利いた使われ方はまずなかった。

下屋敷の費用《かかり》を自前で調達するために、用人以下の奉公人たちが四季を問わずに虫籠《むしかご》やら団扇《うちわ》やら傘の骨作りに勤《いそ》しんだ。

その材料がこの今里村界隈の竹藪から切り出されたのだ。

小籐次は研ぎ商いをしようと決めたとき、竹細工を造り、客の引き物にしようと考えた。その材料が少なくなっていた。

そこで竹藪に調達に来たのだ。

未明の微光で竹細工に適した竹を選び、十数本を鉈で切り倒して、鋸《のこぎり》で三尺ばかりに挽き切った。それを縄で縛り、小さな体の背に、

ひょい

と負った。

幼いころから慣れた仕事だ。格別力を使うということもない。

竹藪に差し込む光の具合から六つ半（午前七時）時分と推測をつけた。

竹藪を出た小籐次は野良道を、森藩の下屋敷を避けるように大和横丁へと入り込んだ。この横丁の一角には、おりょうが奉公する大身旗本五千七百石水野監物の下屋敷があった。

表門を通りかかると、顔だけは見知った老爺《ろうや》が門前の掃除をしていた。

「おはようござる」

小籐次が声を掛けると、老爺が箒《ほうき》を使う手を止めて、

「おはようございます」

と丁寧に返礼した。

この近くの武家屋敷の何軒かは、森藩同様に内職に精を出していた。そんな屋敷の使用人が竹の切り出しに来たと老爺は考えたのであろう。

その態度が小籐次を大胆にさせた。

「おりょう様はご壮健であろうか」

「おまえ様は」

「赤目と申す」

「お元気にございますよ」

「それはよかった。言付けを願えるか。赤目小籐次は無事江戸に戻り、芝口新町の長屋で再び暮らしておるとな」

「それだけでよろしゅうございますか」

「それだけで結構にござる。御免」

小籐次は高鳴る胸を羞《は》じらいつつも、弾む足取りで新兵衛長屋を目指した。

おりょうの使いが何度か新兵衛長屋を訪れたと聞き、なんぞ用事かと小籐次は

気にしたのだ。

久慈屋の土間に店を広げたのは五つ半（午前九時）の刻限だった。

この日は商売用の裁ち鋏や小刀が多く、小籐次は刀を研ぐような気持ちで神経を集中して仕事を続けた。

「赤目様」

と観右衛門に呼びかけられ、顔を上げた小籐次は、

「旦那様がお呼びにございます。本日の仕事は、この辺になされませぬか」

「ならば、一区切りつけ、後片付けを致そう」

研ぎの最中の鋏を仕上げ、桶の水を表に撒《ま》いて、商売道具を片付けた。そして、久慈屋の井戸端に行き、顔と手足を洗った。奥座敷に上がるのに、あまりむさい格好ではと考えたからだ。

店に戻ると、観右衛門が案内する様子で立ち上がった。

その気配に緊張があるのを小籐次は見てとった。

久慈屋の主の昌右衛門は疲れ切った背の武家と話していた。

小籐次は、

「お呼びにより伺いました」

と廊下から声をかけた。

その声に客が振り向き、

「おおっ、赤目どのか」

と声を発した。

肥前佐賀藩鍋島家江戸屋敷の御頭人姉川右門であった。

「姉川様」

小籐次は平伏した。

「そなたとこの久慈屋で会ってから、長い歳月が過ぎたような気がする」

と姉川は呟いた。その言葉にも力がない。

あの折、姉川は佐賀本藩の重役として、三家の一、小城鍋島藩と赤目小籐次の、

「戦」

の調停をせんと、昌右衛門の仲介で小籐次に面会したのだった。

だが、その本家の威光を翳しての姉川の調停は無視され、小城藩を脱藩した能見一族十三人が江戸を離れた小金井橋に小籐次を呼び出し、決闘に及んだ。

姉川の仲裁は無駄に終わった。いや、終わったばかりか、佐賀本藩に飛び火して、姉川の立場をさらに苦しいものにしていた。

佐賀本藩鍋島家は「三家格式」という独特の武家諸法度によって、小城鍋島家（七万三千二百石）、蓮池《はすのいけ》鍋島家（五万二千六百石）、鹿島鍋島家（二万石）と繋がりを持っていた。

この「三家格式」は、二代鍋島光茂が天和三年（一六八三）に制定し、三支藩を本藩の完全なる支配体制下においた。

文治主義政策の基本は、

一、世禄制度の実施

一、殉死の禁止

一、非人小屋の設置

などから成っていた。

この政策は三代綱茂によってさらに強固なものとなった。この政策に対して異を唱えたのが光茂に仕えた山本常朝であり、それは文治政策の反動として武士道を賛美する、

「葉隠」

の考えであった。

肥前佐賀には藩誕生のときから、文治的考えと武士道第一の、相反する思想が

内包されていた。

「赤目どの、そなたには相すまぬことを致した」

と姉川が小籐次に詫びた。

「姉川様」

と言いかける小籐次を制し、

「能見赤麻呂ら十三人の脱藩者を止めることができなかったのは、偏《ひとえ》にそれがしの力不足であった」

「尋常の勝負にござった」

小籐次はあくまで武術家の勝負として事を納めたかった。

「姉川様、赤目様。武家の意地にしろ、武術家の勝負にしろ、小金井橋の戦いは後を引いております。ここで矛を収めませぬと、佐賀本藩三十五万七千石にも大きな打撃を与えます」

商人の考えで昌右衛門が間に入った。

姉川が大きく首肯した。

「赤目様の考えは、この久慈屋昌右衛門が承知しております。赤目様から仕掛けることはございませんとな」

小籐次が小さく頷いた。

「姉川様、小金井橋の戦い後の刺客が、何処《いずこ》の家中の意を受けて動いているかということにございます」

姉川右門は苦悶の溜息をついた。その表情は疲労し切っていた。

「久慈屋は、名無しの刺客一人と、甲州道中と高遠道追分の三人、進藤丑右衛門辰惟、出雲盛永、皆橋棒之助が佐賀本藩の意向を受けて動いたか、と問い質《ただ》しておるようだな」

姉川はすでに昌右衛門から、小籐次を襲った二件の刺客のことを伝え聞いているようであった。

「はい。念には及びませぬ」

久慈屋は佐賀本藩に金子を融通している立場があった。それだけに重臣にも強い態度をとれた。

「ない」

「では、赤目様を襲った二組の刺客、此度の騒ぎと佐賀本藩とは全く関わりがないと申されますか」

「いや、そうは申さぬ」

「姉川様、話が通りませぬ」

ふーうともう一つ姉川が息を吐いた。

「久慈屋、赤目どの。藩主斉直《なりなお》様のお許しを得て、藩内に御目付方を動かし、小城鍋島事件の後を受けて、赤目小籐次どの暗殺に動く者がおるかどうか調べさせた。だが、だれ一人としてそのような考えの者は家中におりませぬ、との答えが戻って参った」

昌右衛門がなにか言いかけたのを小籐次が、

「姉川様のお話をお聞きしましょう」

と制した。

「確かに表立った動きはないと思えた。だが、一人の探索方が奇妙なことを聞き込んで参った。この探索方は御目付方ではない。いわばそれがしの直属の密偵でな、その役は他人に知られておらぬ」

「どのようなことを姉川様の密偵は聞き込んで参られましたな」

「久慈屋、家中に追腹組《おいばらぐみ》と称する暗殺団が極秘裏に組織されたというのだ」

「追腹とはまた奇妙な名ですな」

「二代光茂様が創られた『三家格式』の一に殉死の禁がござった。『葉隠聞書』を口述なされた山本常朝様は光茂様に仕えた家臣であったがな、光茂様の制定された『三家格式』により、光茂様の死去の折、殉死ができなかった武士《さむらい》でもあったのだ。『葉隠聞書』はこの『三家格式』への苦渋の思いが滲《にじ》み出た考えともいえる」

「つまり追腹組とは山本常朝様の『葉隠』を信奉する一団にございますか」

昌右衛門の問いに姉川が頷いた。

「久慈屋、赤目どの。追腹組に何人の家中の者が参加し、何人の者が賛同しているか、その首謀者も組織も全く分らぬ秘密の集まりだ」

「なんと申されますので」

「だが、赤目どのを暗殺し、肥前武士の意地を守るための資金として、家中に奉《ほう》加帳《がちょう》が回り、多額な金子が調達されたというのは推量がつけられた」

「首謀者もその人数も分らぬと申されますので」

昌右衛門が念を押した。

「いかにも。それがしが調べを命じた御目付方さえ追腹組ではないと言い切れぬのだ」

しばし重い沈黙が支配した。

「今のままでは第三、第四の刺客が赤目様を襲うと申されるのですな」

「それを案じておる」

「このようなことを、斉直様はご容認なされておられますので」

昌右衛門の追及は厳しかった。

姉川の首が横にゆっくりと振られた。そして、その視線が小籐次に向けられた。

「赤目どの。そなた、老中青山様と知り合いか」

「老中青山様ですと。それがし、奉公していた折は厩番、ただ今は研ぎ屋にございますぞ、姉川様」

姉川が頷き、

「本日、城中で斉直様が老中青山様に呼ばれたそうな。その折、赤目どのの名を出され、肥前どの、赤目なる人物、なかなか忠義者じゃそうな。肥前四藩の武士の面目にこだわり続けるなれば本藩三十五万七千石も危ういことになるがよろしいか、と諭されるように申されたそうでな。斉直様もこの追腹組を急ぎ究明して解散させよと重臣に命じられたのだ」

と告げた。

小籐次は姉川の苦衷を理解するとともに、老中青山下野守忠裕に赤目小籐次の名を告げた人物の顔が浮かんだ。

老中直属の女密偵おしんだ。

「赤目どの、久慈屋。しばらく時を貸してくれ。必ず追腹組を暴き出して藩を危うくする考えを一掃致す」

小籐次はしばし姉川を正視した後、小さく首肯した。

二

寒風が大川の水面に縮緬皺《ちりめんじわ》を立てるようになると、白魚漁が始まる。佃島の献上白魚や浅草川の白魚は江戸の名物だが、元々神君家康が、

「尾張名古屋浦の白魚」

を江戸に取り寄せたのが始まりであったとか。

二月頃川を上り、砂と小石の間に卵を産み付ける。その子が秋になって川を下り、海に入るのだ。

「白魚や氷砕けて成りにけり」

と『千代見草』に詠《よ》まれたように、水にあるときは透き通った青みを帯び、水から上がると白くなる。さらに煮ると、ますます真っ白になった。

春魚、王余魚、銀魚と呼ばれる白魚の漁期が始まり、佃島沖には漁火《いさりび》が見られるようになった。

赤目小籐次は白魚漁の漁火が消える頃合、佃島と鉄砲洲の間を抜けて大川を遡った。

今日は久しぶりに浅草界隈で研ぎ仕事をして回ろうと考えていた。

浅草駒形町の河岸に小舟を舫い、風呂敷に包んだ砥石を負い、洗い桶を小脇に、もう一方の手には引き物の風車や竹とんぼや竹笛を立てた藁づとを持って、蔵前通りの賑やかな往来を横切り、並木町に回った。そこには、

「金竜山浅草寺御用達畳職備前屋梅五郎」

と金看板を掲げる親方一家が住んでいた。

「御免下され。無沙汰をして申し訳ないが、梅五郎親方はおられようか」

小籐次の声に、広い土間で新しい畳の縁《へり》を縫い上げる職人たちが一斉に見た。

その中から、

「赤目様」

と驚きの声を上げたのは、若親方の神太郎だ。

「どうしていなさった。お父つぁんが心配していたぜ」

と言うと、畳職人が使う独特の包丁で糸の端を、
ぷつん
と小気味よく切った神太郎が奥に向って、

「お父つぁん、珍しい人が来られたぜ」

と叫んだ。

綿入れの袖無しを着た梅五郎が、

「朝っぱらから騒がしいが、なんだ」

と店先まで出てきて小籐次の姿に目を留め、しばらく無言で立ち尽くした。

「赤目小籐次様、おまえ様という人は……」

と言うと、また言葉を失った。

「親方、ちと事情があって江戸を離れておった。折角のご好意を頂きながら、顔も出さず申し訳ない。また仕事をと厚かましいことは申さぬ。近くまで参ったで、太郎坊に手作りの風車を持って参った」

「赤目様、おまえ様の事情なんぞは江戸じゅうが承知だ。今度、おまえ様が西国

大名の理不尽に遭うときは、真っ先にこの梅五郎が畳包丁を手に助っ人に行くぜ」

と二の腕を捲《まく》って見せた。

「お父つぁん。隠居爺の助っ人じゃあ、赤目様も迷惑だろうぜ」

倅《せがれ》が笑い、奥で店先の会話を聞いていたか、嫁のおふさが茶を運んできた。

「まずは、赤目様に商売道具を下ろしてもらうのが先じゃありませんか」

おふさに言われた梅五郎が、

「おお、そうだ。まずは荷を下ろしねえ。仕事はいくらでもあらあ。一日でも二日でもかけてやればいい。それより、まずはおまえ様の無事の姿がよく見てえ」

小籐次は背の砥石を下ろし、引き物の風車、竹とんぼ、竹笛、鳩車などをおふさに差し出した。

「読売で読んだぜ。おまえ様は途方もねえお人だねえ。大名四家をきりきり舞いさせたかと思うと、肥前小城藩を脱藩した十三人とのどえらい戦を小金井橋で一人でしのけたってねえ。どう見てもおれとおまえ様はおっつかっつの年寄りだ。それに体《なり》も小せえときている。そんなおまえ様が多勢に無勢の戦に勝つとはどういうことだ」

梅五郎は一人興奮して喋り、古手の職人に、

「ご隠居、まるでおまえ様が戦をしのけた按配《あんばい》ですぜ」

と笑われた。

小籐次は茶を喫しながら、にこにこと梅五郎の喜びようを見ていた。

商いは飽きないともいうように、時間と日にちを決めて得意先を回るのが鉄則だ。それがこちらの都合で無沙汰をしたにも拘らず、梅五郎はまた仕事をくれそうな様子だ。

「赤目様よ、お父つぁんの熱に当てられたんじゃあねえが、もはや戦の決着はついたのかえ」

神太郎が聞いた。

「先方様次第じゃが、どうせ騒ぎに巻き込まれるならば住み慣れた江戸がよいと、戻って参ったのだ」

「おおっ、赤目小籐次はそうでなくちゃあ。こちとらも応援のし甲斐がねえというもんだ。お父つぁんじゃねえが、なんぞあれば言ってくんな。うちが一声掛ければ江戸の畳職人の百人や二百人が押し出すぜ」

「神太郎どの、お気持ちだけ頂こう。それより仕事をさせてもらえようか」

「言うには及ばねえよ。おい、道具を集めな」

神太郎の声に、小籐次はこれまでと同じように備前屋の店先の一角を借りて筵を敷き、砥石を並べ、洗い桶に水を張って、集められた畳包丁の研ぎに入った。

隠居の梅五郎は陽だまりに縁台を運ばせ、煙草を吸いながら、小籐次の仕事ぶりを見るともなしに見ていた。どうやら一緒にいることが嬉しいらしい。そして、備前屋の前を通りかかった青物の棒手振《ぼてふ》りに、

「おい、光吉。青菜を買ってやるからおまえの包丁を置いていけ」

などと声をかけた。

「ご隠居、錆びくれ包丁でも商売道具だ。今は勘弁してくんな」

「商売道具を錆びさせている魂胆《こんたん》がいけねえや。出世はしねえな」

「隠居、棒手振りが出世もなにもあるかえ」

小籐次は仕事の合間に、ぼそりぼそりと旅の話などを梅五郎にした。

「柳沢峠の赤富士ねえ。話を聞いただけでも見てみたいが、江戸からどれほどあるね、その峠まではさ」

「日本橋から二十数里かな、なにしろ最後の登りがきつかった。もっともこちらは杖に縋って登ったから余計にきつく感じたのであろう」

「若い奴がさ、年寄りは無理をするなというが、先がねえ年寄りだからこそ無理がしたくなるというもんだ。その道理が若い頃は呑み込めねえんだ」

二人が話し合う光景を神太郎たちが、

「年寄りの病気見舞いだねえ」

と仕事の手を休めては語り合った。

備前屋で昼餉を馳走になり、一日店先で仕事をしていると、前に研ぎを頼んだ長屋のかみさん連中が、

「おや、またこちらで店開きかえ。あとで包丁を持ってくるよ」

とか、

「柄が緩んでいるんだ。研ぎのついでに締め直しておくれな」

とか声を掛けてくれた。

一日が暮れたが、まだ仕事は残っていた。

「ご隠居、明日も参る」

と梅五郎に言うと、

「そうしねえ。道具はうちにおいてさ、夕餉を食べていきねえな」

と誘ってくれた。

「道具は預かって頂こう。日が暮れぬうちに長屋に戻らねばならぬゆえ、夕餉は
また別の機会にお願い申す」
「なんでえ、帰るのか。おまえ様は敵持ちだものな、用心が肝心だ」
と言いながらも、
「おれは昼前からよ、一杯酌み交わそうと楽しみにしていたんだがな」
と梅五郎は、道具を片付け、帰り仕度をする小籐次を見ていた。するとおふさ
が、
「赤目様、九十九里で獲れた鯖を焼いたのと、野菜の煮物と握り飯を一緒に入れ
てあるわ」
と風呂敷に、夕餉と徳利に茶碗まで包み込んで持たせてくれた。
「これは好物の数々を真に有り難うござる」
菅笠を被った小籐次は包みを片手に備前屋をあとにした。
浅草駒形堂まで戻ると、大川には漣《さざなみ》が立っていた。
懐から手拭を出した小籐次は首筋に巻き、風を避ける算段をつけて舟を出した。
流れの端を河口に向いながら、おふさが持たせてくれた風呂敷包みを解き、大
徳利の酒を茶碗に注いだ。

一日の仕事を終え、からからに乾いた五臓六腑に白玉の酒が沁み渡り、寒さえどこかへ吹き飛んだ。

河口を眺めると、すでに白魚漁の漁火がちらちらと見えた。

それを肴《さかな》に酒を酌むのは贅沢の極みだった。

小籐次は、主君久留島通嘉《くるしまみちひろ》の無念を晴らすために永年仕えた森藩を脱藩した。そのとき、市井《しせい》にひっそりと独りで生きていく覚悟をした。だが、江戸の片隅で長屋暮らしをしてみると、大勢の他人の親切を受け、助けられていることを実感した。

それが小籐次の孤戦を支えていた。

陶然としつつ、鉄砲洲と佃島の間を抜けて築地川に小舟を入れると、風が収まった。

もはや寒さなど酔いのおかげで吹き飛んでいた。

小籐次が新兵衛長屋の裏手に小舟を着けたとき、暮れ六つ（午後六時）過ぎの刻限だった。

冬至を過ぎて日暮れが早く、長屋には灯りが入っていた。

小籐次は残り酒を楽しもうと、包みと徳利を手に舟から上がった。すると、木戸口で影が動いた。

小籐次は両手に提げた包みと徳利を、かたわらに置いて両手を空けた。

どぶ板を踏む影に足場を固めた。

「赤目様」

その声を聞いた小籐次は緊張を解いた。

肥前小城藩家臣中小姓伊丹唐之丞《いたみとうのじょう》だった。

伊丹とは御鑓拝借騒ぎ以来、敵味方の恩讐《おんしゅう》を超えて戦いの収束に動いた経緯があり、信頼に足る若者と承知していた。

「待たれたか」

「一刻（二時間）余り」

足を止めた伊丹が答えた。

小籐次は伊丹をどこかに連れ出すかと考えた末、長屋に誘った。

隣の勝五郎のところから火を借りてきて、行灯の灯りを点し、火鉢に炭を熾《おこ》した。

その間、伊丹は戸口の前に立っていた。

「お入りなされ」

伊丹を九尺二間の部屋に誘い上げ、

「外に出るよりは気兼ねがなかろう。ここならばゆっくりと話せる」

まだたっぷり残っていた徳利の酒を茶碗に注ぎ分けた。

「浅草の得意先で頂いた。上酒だ」

伊丹唐之丞が、馳走になりますと答えて茶碗に口を付けた。そして、一息で飲み干した。一刻余り外で待っていて体が冷え切ったか。

「本日は長兄、伊丹権六の使いにございます」

権六は小城藩の留守居役だ。

「お使いの用向きは」

「本藩の姉川様と兄者が会談した由にございます。その席に蓮池藩、鹿島藩の同役も呼ばれました」

佐賀本藩を中心に「三家格式」で繋がる四家の留守居役が顔を揃えたということだ。

「本藩に組織された赤目小籐次様暗殺の秘密組織、追腹組についてでございます。本藩ばかりか三家にわたり、広く回状が回され、資金が集められている由、留守居役の会合で確認されたそうにございます」

「それがし一人を討ち果たすために、佐賀本藩、小城、蓮池、鹿島四家が手を結んだということか」

「赤目様、四家が手を結んだ事実はございませぬ。本藩の斉直様、鹿島藩の直彜《なおつね》様、蓮池藩の直与《なおとも》様、わが殿直尭《なおたか》様は、このような動きに反対にございます」

唐之丞が叫ぶように言った。

「とは申せ、追腹組が四家の家臣であることに変わりはあるまい」

「はっ、はい」

唐之丞が言葉を詰まらせた。

「まあ、飲め」

小籐次は空になっていた唐之丞の茶碗に酒を注ぎ、おふさが持たせてくれた包みを解いた。

竹皮がかけられた大皿に、二匹の焼き魚が載っていた。それに里芋の煮ものが鉢に入っていた。握り飯もあった。縁の欠けた皿に一匹を移し、箸を添えた。

「酒を頂いたお得意が持たせてくれたものだ」

小籐次が酒を口に含み、鯖に箸をつけた。

「それがしの命も風前の灯《ともしび》か」

小籐次の呟きに唐之丞が顔を上げ、恨めしそうに見た。

「江戸に戻らねばよかったと考えておるか」

「赤目様は、小金井橋で能見一族十三人を悉く討ち果たした上に追腹組の刺客四人をも斃されたそうな。その小さなお体のどこに鬼神に勝る力が隠されておるのですか」

「斃さねば斃される。それがしはその道理の中で動いただけよ」

「それにしても」

と言いかけた唐之丞は言葉を途絶《とぎ》らせた。

「それがしはこの命を投げ出せばことが済む。じゃが四家は困ったことよのう」

「兄者もほとほと困惑し切っております」

「追腹組は四家を繋ぐほどに集まりを広げたというが、そなたのところには誘いかけはないのか」

「ございませぬ」

と唐之丞がはっきりと否定した。

「なにしろ、それがし御鑓拝借の折から折衝に動いておりますれば、追腹組の面々も敵と看做《みな》しておるのでございましょう」

「そなたの朋輩には誘いがあったか」

「赤目様、だれを信頼してよいのか見当もつかぬのが、ただ今の四家の実情にございます。疑心暗鬼の末にだれもが不安を抱えての奉公、むろん直尭様のご意向はだれもが分っております。ですが、それを口に出して話せぬのです。この現状、おそらくわが藩だけではありますまい。他の三藩も同じことと思われます」

「困ったのう」

「困りました」

唐之丞が茶碗を手にした。

「だれが首謀者かも摑めぬか」

「藩の重臣方は必死でそのあぶり出しに動いておられます。ですが、申し上げましたように、探索を命じた者が追腹組かもしれぬ。それほどに広がりを見せておるのです」

「にっちもさっちもいかぬのう」

「赤目様、本藩の斉直様を老中青山下野守忠裕様が呼ばれ、赤目様の名をお出しになられたそうな。本藩では赤目様がなぜ幕閣と通じておられるのか不安に思われております」

「その話、それがしも姉川どのから聞かされた。その折には心当たりなしと答えたが、なぜ青山様がそれがしの名を承知しておられるか、思い当たる節があった」

「お話し頂けますか」

「なぜ話さねばならぬ」

「佐賀藩および支藩三家、お家取り潰しになるやもしれぬのです。老中がなぜ赤目様の名を口になされたかを知るのは大事なことにございます」

小籐次は茶碗に残った酒を飲み干し、唐之丞と己の茶碗に新たな酒を注いだ。

「赤目様とそれがし、心をそれなりに通わせて参ったと信じておりました」

「女々《めめ》しきことを申すな。言うまでもなきことよ」

と自分の倅ほどの唐之丞に忠言を発した小籐次は、

「よいか。それがしの名が老中に上げられた経緯には幕府の極秘事項が関わっておる。そなたには正直申し聞かせる。兄者の権六どのに伝えるときにはそれは伏せよ。約定できるか」

唐之丞がしばし沈思した後、頷いた。

小籐次は柳沢峠で出会った密偵おしんとの御用旅を語った。

「なんとまあ忙しい旅をなされたもので」

それが、話を聞き終えた伊丹唐之丞の発した言葉であった。

「老中青山様直属の女密偵が赤目様の手助けを報告した際、佐賀本藩が新たに赤目様に放った刺客の一件も告げたのですね」

「それしか覚えがない」

「なんとも、われら鍋島四家には間の悪いことにございます」

「ともあれ、鍋島四家は獅子身中の虫を退治することじゃ。それができねば騒ぎは一段と大きくなり、幕府が動かざるをえなくなる」

「困りました」

唐之丞が先ほどから何度発したか知れぬ言葉を繰り返した。

「そなたは江戸藩邸育ちじゃな」

「はい」

「葉隠の精神を教えられたか」

「はい」

「厩番にして竹細工造りしか知らぬそれがしに、葉隠とはどのような考えか教えてくれぬか」

三

伊丹唐之丞が芝口新町の新兵衛長屋を辞したのは、五つ半（午後九時）の刻限だった。唐之丞は酒の酔いと疲れが一緒になって陶然とし、浮遊している感じをおぼえた。

新兵衛長屋から幸橋御門内にある小城藩上屋敷までは指呼《しこ》の間《かん》だ。ただ御堀を西に向って上がればよい。

赤目小籐次は、

「葉隠とは、どのような考えか教えてくれぬか」

と聞いた。

江戸育ちの唐之丞には、酒席などで声高に語られる葉隠、あるいは葉隠精神なるものが身についていなかった。

「赤目様、それがしにもよく分りませぬ。ですが、武士の死に際の覚悟を説いたものと、自らを理解させてきました」

「死に際とな」

「主君のため、大義のために、潔く命を散らすことだと思います」

「それが葉隠か」

唐之丞は自信なさげに言い添え、小籐次が問い返した。

「戦のない御世、もはや主君に命を捧げることなどありますまい。藩是《はんぜ》の『三家格式』も追腹を禁じております」

小籐次はただ茶碗の酒を嘗めるように飲んでいた。

「この葉隠を口述なされた山本常朝様には、『ひとみなが江戸へいくらし秋の暮れ』という句がございますそうな。それがしには、この句に鍋島武士の心持、葉隠の心がよく表れているように感じます」

小籐次が唐之丞を見た。

「肥前は、江戸から三百里の遠くにある遠辺の地にございます。そのような土地で自らを律するのは至難の業にございましょう。葉隠はすべて江戸で物事が決まる徳川幕藩体制の中で、辺地に暮らさねばならぬ反骨者の考えを説いたもののように思えます」

「『武士道とは死ぬことと見つけたり』か」

「江戸育ちの私には、どうも単純過ぎる考えと思えます」

「……」

「それがしが数えられた葉隠の中で心に残る歌がございます、『恋ひ死なむ後《のち》の煙にそれと知れ終《つい》にもらさぬ中の思ひを』というものです。生きてあるときに好きだなどと告げるのは、ほんとうの恋ではない。ひっそりと秘めたままに恋い死にするのが真の恋だ、主従の関わりもそのようなものだと教えられました。なんとなく、それがしの心に残っております」

　小籐次の顔が紅潮し、呟いた。

「恋ひ死なむ後の煙にそれと知れ終にもらさぬ中の思ひを」

「はい。またその方は寄残花恋《のこりはなよするこい》という言葉を教えてくれました」

「寄残花恋とな」

「『葉隠れに散りとどまれる花のみぞ忍びし人に逢ふ心地する』という西行法師の『山家集《さんか》』の恋の歌をさらに凝縮した言葉だそうです。また、この葉隠れの歌から『葉隠聞書』が名付けられたそうです。西行法師の歌の意もまた、葉叢に隠れてひっそりと咲かせる花こそ恋すべき人なり、と教えられました」

　唐之丞は、小籐次がしきりにだれかのことを考えているような気がした。だが、赤目小籐次の気持ちなど、とても読むことは敵《かな》わなかった。

（待てよ。この赤目小籐次こそ山本常朝のいう葉隠武士ではないか）

唐之丞の脳裏にこの考えが閃いた。

小籐次は城中の詰の間で恥をかかされた主君のために密かに脱藩し、恥辱を与えた丸亀、赤穂、臼杵、小城の四藩の大名行列を襲い、象徴というべき御鑓先を切り取り、四家の藩主に詫び状を書かせた人物だ。

これ以上の葉隠精神と行動があろうか。

だが、皮肉なことに、それは葉隠を主張してきた肥前小城藩に向けて行われたのだ。

小籐次に襲われると知りながら、小城藩の行列は混乱に落ち、満天下に恥を晒した。

究極の武士の生き方、死に方を信奉しながら、そのことを反対に孤独な襲撃者に教えられたのだ。

佐賀本藩を中心に結成された赤目小籐次暗殺団、追腹組の怒りはここにあるのではないか。

唐之丞はどこか釈然としないものを感じていた。

赤目小籐次を小金井橋に呼び出し、決闘に及んだ能見一族十三人は自らの命を賭《と》して、小籐次に挑み、敗れ去った。だが、それ以後、追腹組は自らを小籐次の前に晒すことなく、金銭で雇った刺客二組を送り込んでいた。

葉隠精神に反する行動ではないか。

唐之丞は難波橋と土橋の間の御堀端を屋敷へと歩いていた。

寒風が吹く芝口界隈には人の往来が絶えていた。

どこからか犬の遠吠えが響いてきた。

芝口一丁目と二葉町の間の暗がりから影が二つ三つと現れた。

物思いに耽りながら歩く唐之丞は堀端に身を避けつつ、足を止めようとはしなかった。が、三つの影が行く手を塞ぐように散ったとき、

(刺客か)

と背筋に悪寒《おかん》が走るのを感じた。

足を止めた。

間合いは五間ほどか。

後ろを振り返った。

後ろも二つの影で塞がれていた。

屋敷勤めの侍ではなかった。浪々の剣術家といった身の拵えだった。

（しまった。迂闊すぎた）

後悔の念が頭を過《よぎ》った。

死に直面していた。

唐之丞は必死に身心を落ち着けようと自らを律した。

「どなたにございますな」

唐之丞は、問いかけた自らの声が平静を保っていることを誇りに感じた。

「それがし、肥前小城藩の家臣伊丹唐之丞にござる。襲われる謂れはござらぬが」

「敵に内通する者の死に様を知れ」

その返事は五つの影が姿を現した暗がりから聞こえた。

唐之丞は視線を暗がりに向けた。

紋服を着た武家は頭巾で面体を隠していた。

「追腹組とか申す暗殺団の頭目でござるか」

「追腹組に頭目などおらぬ」

唐之丞には聞き覚えのない声だった。闇に潜む者の紋所も判然としなかった。

絹物の衣服からかなりの大身と推測がついた。

「頭目がおられぬとな」

「だれもが頭目であり、だれもが刺客となる」

「都合のよきことを申されるな。金銭でかような武芸者を雇い、自らは暗がりで懐手にござるか。卑怯にござろう」

「そなた、どこの藩の禄米を食《は》んでおる」

「そこもとに言われずとも承知にござる」

「いや、武士の心根を忘れておる」

唐之丞は思わず笑い出していた。

「おかしいか」

「武士の心根などを持ち出されて笑止《しょうし》にござる。どうやら葉隠を読み違えておられるようだ」

「言うな。もはやそなたの死の刻限」

唐之丞を前後から挟む五つの影が抜刀した。

唐之丞は咄嗟《とっさ》に堀を背にするように移動した。右手から三つ、左手から二つの白刃《はくじん》が間合いを詰めてきた。

「肥前小城藩の真の武士がどのような死に方をするか、追腹組などという暗殺団を組織して藩を辱《はずかし》めるお手前にお教え申す」
唐之丞は剣を抜いた。
「斬り刻め」
間合いがさらに縮まった。
どこからともなく夜気を割いて、
ぶうーん
という音が響いてきた。
襲撃者の頭上を越えて唐之丞の前に転がったものがあった。
常夜灯の灯りに照らされたのは竹とんぼで、
からから
と地面に音を立てて止まった。
「何奴か」
襲撃者の一人が背後を振り返った。
そこには小さな影がひっそりとあった。
「赤目様」
唐之丞の声が弾けた。

「なんとのう気になってな」

と小籐次が唐之丞へ答え、

「暗がりの御仁。そなたらの敵はこの赤目小籐次ではないのか」

「おのれ！」

罵りの声に、刺客たちの三人が小籐次に向きを変えた。

五人対二人の対決に変わったが、襲撃者たちは小籐次と唐之丞に挟まれる格好に陥っていた。

小籐次が次直を抜いた。

矮軀に定寸より短い剣を構えた小籐次を、巨軀の武芸者が威嚇するように、八双に構えた長剣の切っ先を前後に振った。

御堀端に一気に戦機が漲《みなぎ》った。

「でくの坊、そなたが参らねばこちらから参る」

小籐次が挑発した。

「おのれ！」

だが、小籐次が飛んだのは巨軀の武芸者の方ではなかった。

左手に立ち、正眼の剣を不動にして巨軀の者の動きを見定めようとしていた武芸者に向って一気に間合いを詰めた。

不意打ちを受けた相手は正眼の剣を引き付けて応戦しようとした。だが、そのときには小籐次に内懐に入り込まれていた。

矮軀が仁王のごとく大きく、目玉が飛び出すほどに迫った。

一瞬立ち竦んだその隙に、胴に冷たい痛みが走った。

うっ
と絶望の呻き声を洩らした剣客の体勢が崩れ、小籐次は低い姿勢のままに右手に滑って、二人目の首筋を、
ぱあっ
と断ち斬っていた。

その隣に立つ巨軀の武芸者が、八双の剣を滑り寄る小籐次の肩口に落とした。

大男の胸前で、次直が流れを遡る鮠《はや》のように躍った。

雪崩《なだ》れ落ちる豪剣が次直に擦り合わされ、弾かれた。

小籐次の剣も弾いた反動で横手に流れていた。が、それをものともせず、肩を巨軀の胸に突き上げ、後方へとよろめかせた。

なんと身丈で一尺余、体重で二倍はありそうな巨体の体勢を崩れさせていた。

巨軀の武芸者は思わぬ攻撃によろめきつつも、虚空に弾かれた剣を再び上段斬りに落とそうとした。
が、その瞬間、信じられぬ光景を目にして戦慄した。
小さな老剣客の剣はすでに手元に引き付けられ、喉下に向って伸びてきていた。
身をよじって避けようとした。
だが、次直は、
すいっ
とさらに伸びて、
ぱあっ
と喉笛を掻き斬っていた。
血飛沫が飛び散った。
そのときには小籐次の体は倒れる巨木のかたわらを駆け抜けて、唐之丞を堀端へと追い詰める二人の背後に迫っていた。
どたり
と地響きが轟き、二人の刺客の一人が振り向いた。
その背に、小籐次は弾む体をぶつけて堀へと転落させていた。

殺気を感じたか、最後の一人が唐之丞の前から横手に飛んで、さらに間合いを開けるように走り、

くるり

と振り向いた。

一瞬の戦いに、三人の仲間が斃されているのを見届けた五人目の武芸者は、

「赤目小籐次どのはそれがしが敵う相手ではござらぬ。卑怯は承知じゃが、これにて御免蒙《こうむ》ろう」

「武芸者は戦機を読むことも大事、行かれよ」

「御免」

五人目が走り出したのを確かめた頭巾の武家が、舌打ちをして暗がりの奥へと姿を消した。

唐之丞が、

ふーうっ

と息を吐くと、思わずかたわらに立つ柳に体を凭《もた》せかけた。

「赤目様に命を助けられました」

「これからも互いに気をつけねばなるまいて」

小籐次が次直に血振りをくれて鞘に納め、

「そこまで送っていこう」

と唐之丞に言った。


久慈屋の前に穏やかな冬の日差しが落ちていた。

小籐次は中砥に鋏の刃を寝かせて、ゆったりと研いでいた。急ぐことなく止まることなく、刃先が砥石に吸い付くように動かし続けた。

砥石に向い、刃物を研いでいるときほど、無心になれる時間はない。

今日は風もなく日差しに温もりが感じられた。

仕事を続ける小籐次の額にうっすらと汗が滲んだ。

西日が長く影を創り出す夕暮れ前、小籐次の前に人影が立った。

江戸小紋の袷を着た女だ。

小籐次が砥石から鋏を外し、顔を上げると、商家の若女房風に艶《あで》やかに装ったおしんが立っていた。

「赤目様、商売繁盛のようですねえ」

「お得意様のおかげで、なんとか生きておる」

「そろそろ赤い灯が点る刻限です。お付き合い下さいな」

「女性《にょしょう》からの誘いとは、明日、お天道様は西から昇ろう」

と答えた小籐次は、

「この一本だけ仕上げ研ぎさせてくれ」

と紙の裁断用の大型包丁の刃の研ぎを再開した。

店前の様子を、大番頭の観右衛門が目を丸くして見ていたが、

「お客様、こちらでお待ちなされませ」

と店に招じた。そして、近くにいた手代にお茶の用意を命じた。

「恐れ入ります」

おしんが堂々とした素振りで久慈屋の土間に立ち、珍しそうに紙問屋の店先を見回した。

「女衆には縁のない商いでございましてな。諸国の紙を扱わせてもらっております」

「久慈屋さんの扱う紙は江戸でも評判の上物。話には聞いておりましたが、なかなか壮観にございます」

と、店先の棚に整然と積み上げられた紙束をおしんは興味深そうに見上げた。

「久慈屋の番頭の観右衛門にございます」

「挨拶が遅れました。甲州道中の旅で赤目小籐次様にお世話になったおしんにございます」

「旅でお知り合いになられましたか」

観右衛門は町家の内儀風に装ったおしんの正体が掴めず迷っていた。

手代が茶を運んできて、おしんが、

「客でもない私に恐縮にございます」

「赤目様の知り合いなら、うちの知り合いにございますよ」

「頂きます」

おしんが優雅な手付きで茶を喫した。

「大番頭どの、造作をかけた」

小籐次が仕事の区切りをつけたか、研ぎ上がった大型包丁を手に、二人が会話する上がり框に来た。

「赤目様も隅に置けませぬな。かように見目麗《みめうるわ》しいお方と旅でご一緒なされたとは」

観右衛門がおしんの正体を掴もうと探りを入れてきた。

「大番頭どの、おしんにはまかり間違うても手を出さぬほうがようござる。後ろに怖いお人が控えておられるでな」

観右衛門の探りを小籐次は冗談で紛らし、

「今日はこの辺でお暇《いとま》致す」

と辞去の挨拶をした。

「参ろうか、おしん」

観右衛門をはじめ、店の奉公人全員が、小籐次と不釣合いなおしんが肩を並べて店を出ていく光景を見送った。

四

小籐次はおしんを芝口河岸の寅熊に連れていった。すでに店は職人や馬方や近くの屋敷の中間《ちゆうげん》で込み合っていたが、おしんの美貌に圧倒されたように、小僧がうおっという声を洩らし、

「お客様、女衆のご入来にございます。小上がりを少々お詰め下さい」

と叫んで二人の席を作ってくれた。

二人は小さな卓に差し向いに座った。

小籐次が酒と菜を注文すると、おしんが、

「甲府勤番支配長倉実高様、評定所五手掛《ごてがかり》のお裁きの後、お家改易、身は切腹の沙汰が下りました」

と小さな声で報告した。

幕府内で起こった重大犯罪には大目付、目付に寺社、勘定、町奉行の三奉行が会して開かれる闇老直裁判を行うが、これを五手掛と称した。

甲府勤番支配長倉実高の犯した罪は、幕府の根幹を揺るがしかねない新甲州金改鋳など重大なものであった。五手掛開催は当然といえた。

「大身旗本にもあるまじき所業、致し方あるまいな」

小僧が燗酒を入れた徳利と猪口《ちょく》を運んできた。

「そのような小さな酒器でよろしいので」

「大酒なれば甲州枡でもよいが、冬の夜長に飲む酒はこれでよい」

小籐次がおしんの猪口を満たそうとした。

「その前に御用を済ませます」

「用とはなんだ」

「主から預かって参りました」

襟元から紙包みを出して、

「これを赤目様にと」

「金子か。もらう謂れがない」

「中田新八様をはじめ、御庭番衆二人、さらには大勢の娘たちを助けられたのも、赤目様のお助けがあったればこそです」

「それは柳沢峠の礼に働いたまで」

「長倉様は千ヶ淵と甲府御金蔵に、新しく改鋳した甲州金一万三千余両を溜め込んでおられました。それが幕府の御金蔵に移されたのでございます。十両ぽっちの礼金など安いものです」

おしんが小籐次の手に押し付けた。

「もろうてよいのか」

「もちろんにございます。ご老中は、赤目とやらに会いたいものじゃと申されました」

「青山様が会いたいとはどういうことか」

「先の御鑓騒動では赤穂藩など四家を向こうに回して意地を貫き、今また肥前佐賀本藩が繰り出したと思える刺客と孤軍奮闘の日々。大いに興味を持たれた様子でした」

「おしん、それがしは見世物ではない」

小籐次は苦虫を嚙み潰した顔で言った。

「だれも赤目様を見世物とは思うておりませぬ。ですが、老中職としては、西国の雄藩佐賀三十五万七千石の鍋島家が騒ぎを引き起こすことに監視の目を向けられるのは、当然のことにございます」

とおしんが反論し、

「赤目様、江戸に帰られて動きはございましたか」

と聞いた。

「小僧、茶碗をくれぬか」

と小籐次が器を大きなものに替えようとした。小僧が、

「へえっ」

と返答して茶碗を運んできた。

小籐次は熱燗の酒をたっぷりと注ぎ、ゆっくりと飲み干した。

「やはり赤目様には小さな酒器は似合いませぬ」

おしんが改めて茶碗に酒を注ぎ、

「小僧さん、新しいのを二、三本持ってきて下さいな」

と注文した。

「数日前、新たな刺客に出会うたわ」

小籐次は小城藩の若い家臣伊丹唐之丞がもたらした情報と、藩邸への帰路、唐之丞が芝口河岸で襲われた経緯を述べた。

「なんと佐賀本藩を中心に鍋島四家が、秘密のうちに暗殺団を組織しましたか。聞き捨てなりませぬ」

「迷惑なことよ」

「追腹組が公然となれば、鍋島斉直様をはじめ、四藩主にお咎《とが》めが下りますよ。これは甲府勤番が小判に狂ったどころの話ではございませんよ」

「おしん、わしはそなたを信頼したゆえ話した。そなたの主に告げ口致すなよ」

「おしんの仕事にございます」

と切り返した老中直属の女密偵が、

「赤目様、青山様は酸《す》いも甘いも嚙み分けられた殿様にございます。鍋島家、赤目様に、これ以上累《るい》が及ばぬよう動かれるは必定です」

と確信を持って言い切った。

騒ぎの収束をどうつけられるか、小籐次には手立てはなかった。偏に肥前鍋島四藩の出方次第だ。

「わしが刺客に斃されれば事が収まろうが、それでは先の御鑓を拝借した意味がなくなる」

「ご老中は森藩の久留島通嘉様が参勤出府してこられる来年の四月までに、なんとか騒ぎを鎮めたいと考えておられます」

「なにっ、青山様は通嘉様に累が及ぶと考えておられるか」

「そうならなければよいが、と案じておられました。今、赤目様から追腹組の一件を聞き、ご老中の心配が当たった気がします。追腹組の終極の狙いは、赤目小籐次様を斃し、さらに久留島通嘉様のお行列を踏み躙《にじ》ることではありませぬか。そうしてようやく鍋島一族の面目が保てると考えてはおられませぬか」

「おしん、まさかさようなことはあるまい。いや、久留島家の行列には指一本触れさせぬぞ」

と答えながら小籐次は戦慄《せんりつ》した。

小籐次の行動の発端は、城中で旧主通嘉が肥前小城藩ら四君主に恥辱を受けたことへの仕返しであった。そのために森藩や通嘉に迷惑が掛かってはならないと、奉公を辞して動いたのだ。それが巡りめぐって久留島家の行列に事が起こるようでは、なんのための行動であったか、名分すら失せてしまう。

「私がふと思いついたことですが、今時追腹組などという時代遅れの秘密の集まりを作る輩、なにを考えているか分りませんよ」

ふーうっ

と小籐次は息を吐いた。

「おしん、ならぬ。通嘉様に迷惑が掛かってはならぬ」

「だから、ご老中も赤目様のことを気にかけておられるのです」

「はて、どうしたものか」

騒ぎがまさかこのような広がりを見せるとは、小籐次は想像すらしなかったことだ。

「ともかく、赤目様が討たれて事が収まるとは思えませぬ。今や江戸じゅうが固《かた》唾《ず》を呑んで、赤目様の独り戦を見詰めているのですからね」

「旅にあっては煩わしいと江戸に戻ったが、こちらの騒ぎは輪をかけておるわ」

「すべて赤目様が蒔かれた種にございますよ」

おしんが厳しく言い放った。

酒を早々に切り上げ、夕餉を食した。刺客に襲われたとき、酔っていたでは済まされなかった。

「おしん、酒に酔い食らっておると御堀に浮きかねぬ」

小籐次は座から立ち上がった。


次の日から小籐次は、今まで以上に規則正しい暮らしを心がけるようにした。いつ何時、刺客の襲撃を受けるかもしれなかった。だが、それに対処せんと日々の暮らしを変えたところで相手は多勢、どのようにしても小籐次の行動を突き止めよう。ならば、江戸にこの身を預けて、自然のままに行動することが大事と考えたのだ。

おしんと会った翌朝、小舟に商売道具を積んで深川蛤町に向った。

大川の上空は鈍色《にびいろ》の雲が覆って、雪でも降りそうな天気だった。

大川の水も急に冷たさを増していた。

手拭で頬被りをした顔の上に菅笠の紐をしっかりと結び、首にも手拭を巻いていた。

綿入れの袖無しを着込んだ小籐次はただ黙々と櫓を動かし、深川の運河に小舟を入れて、一息ついた。

石垣と家並みに筑波颪が遮られ、頬被りをしていても顔を刺す寒風から身を守ってくれたからだ。

いつもの蛤町の裏河岸の船着場に小舟を寄せたが、うづの百姓舟はまだ姿を見せていなかった。

いつもより四半刻ほど早いかもしれなかった。

小籐次は引き物の風車などを差した藁づとを手に小舟を上がり、これまで回らなかった町内に注文を聞いて回ることにした。

深川の裏長屋では外仕事の亭主を送り出したかみさん連中が、井戸端で朝餉の後片付けやら洗濯を始めようとしていた。木戸口で、
ひゅるひゅる
と竹笛を鳴らし、

「研ぎの御用はござらぬか」

と女たちに声をかけた。

「朝っぱらから注文取りかえ。包丁を研ぎに出す余裕はないよ、ほかをあたり

な」

と女衆の姉さん株から剣突《けんつく》を食らうと小籐次は、

「またの機会に注文を頂ければよい。今日は顔つなぎにござる」

と引き物を配って、次の長屋に向った。

持参した引き物がなくなり、それでもがたのきた菜切り包丁一本の注文を得た。

小籐次が裏河岸の船着場に戻ると、うづの百姓舟が姿を見せていて、おかつたちが群がって大根なんぞを買っていた。

「あら、注文取りに回っていたの」

「新規の客を見つけぬと日干しになるでな」

狭い板の船着場からひょいと小舟に飛ぶと、うづが、

「蒸《ふ》かし芋食べる」

と薩摩芋を船着場越しに差し出してくれた。

「おおっ、これは馳走じゃな。朝餉を食しておらぬので助かった」

小籐次はうづからもらった芋を食べて腹を満たすと、仕事の仕度を始めた。

注文を受けた菜切りの柄の緩みを締め直し、研ぎに入った。

その間にも、うづの野菜舟には次から次と客の女たちがやってきて、

「おや、研ぎ屋も出ているのかえ。うちの亭主がさ、侍研ぎ屋が来たら出しておけと商売道具の刃物を預かってたのを思い出したよ。ちょっと待っててておくれ」

と青物を買った女が河岸へと上がっていった。

小籐次が菜切り包丁を研ぎ終えたとき、さっきの女が戻ってきて、

「うちの亭主は檜《ひ》物師《ものし》なんだよ。檜《ひのき》を使った曲物《わげもの》造りは刃物の切れ味がなによりだ。私が研ぎに出した出刃を見て、これなら道具を任せられると仕事をくれたのよ」

と差し出したのは大小の小刀五本で、刃先が変わっていた。

「これは研ぎ甲斐がある仕事にござるな。決して亭主どのの仕事に迷惑の掛からぬようにし遂げるでな。届け先はどちらかな」

「黒江町の八幡橋際だよ。格兵衛長屋の入口に小さな間口の店を構えているから、あの近辺で曲物師の万作と聞けば直ぐに分るよ」

「承知した」

昼まで五本の小刀を研ぐことに専念した。その間に、うづは竹籠に野菜を入れて売り歩いた。

曲物造りに使う刃物が研ぎ上がり、切れ味を試した後に、ちょうど戻ってきた

うづと交替で刃物を届けに行った。最初はがたのきた菜切り包丁だ。

「おや、いい具合に研ぎ上がったねえ。これは切れそうだ」

と叩き大工の女房はお世辞を言い、

「研ぎ屋さん、仕事の後ですまないが、二十文しか手元にないのさ。我慢しておくれな」

と小籐次の手に研ぎ料の半額を押し付けた。

「また願おう」

「この次はちゃんと払うからさ」

黒江町の八幡橋際の曲物師万作の店は間口二間半と小さなものだったが、作業場の佇まいを見ただけで、万作の造る曲物がただものではないことを推測した。

「お待たせ申した」

「おや、おまえ様が侍研ぎ屋さんかえ」

万作は幅一尺長さ三尺五寸ほどの檜の薄板に曲小刀で細い筋を入れていたが、仕事の手を休めて、研ぎ上がった道具を手にした。その一本を選んで、日に翳して刃先を確かめたのち、檜の薄板に筋目を入れた。

「睨んだとおりだぜ」

と満足の笑みを洩らした万作は、

「お侍、職人なら自分で道具くらい研げ、と思ってなさるだろう。いや、いいんだ、そのとおりだ。だがよ、師走《しわす》が近付いて、どこも急ぎ仕事の注文だ。道具を研ぐ時間がねえんだ」

と言い訳して、

「ときどき、おれのところに顔を出してくれねえか」

と頼んだ。

「有り難いことにござる」

万作はちょっと待ってくんなと奥に姿を消し、研ぎ料二朱を持ってきた。

「今、釣銭を用意致す」

と前掛けの懐に手を突っ込もうとする小籐次に、

「釣りなんぞはいいってことよ。刃物を使う職人じゃなきゃあ、おまえさんの腕前は分りっこねえ」

と過分に研ぎ料をくれた。

裏河岸に戻ると、うづが移動の仕度をしていた。

「歌仙楼に野菜を持っていくのだけど、赤目様はどうする」

「それがしも一緒に参ろうか」

二人は舟を連ねて門前町の船着場へと向った。

舟を繋ぎとめたうづは竹籠に野菜や鶏卵を入れて、小籐次は研ぎ道具を手に提げ、歌仙楼の勝手口から声を掛けた。すると、おさきが飛んで出てきて、

「お二人お揃いかい、ちょうどいいところに来たよ。板さんに饂飩を打たせたところでさ、一緒に食べていっておくれ」

と、うづと小籐次は台所に接した帳場に招じ上げられた。

台所の板の間では板前や女中衆が顔を揃え、打ち立ての饂飩に汁をかけた丼が配られていた。

二人は早速、丼を持たされて饂飩を馳走になることになった。

「旦那の顔が見えぬが、お元気か」

小籐次がそのことを心配した。

「おまえ様のお蔭で旦那の女狂いも止みましてねえ。きついお灸《きゅう》を据えてやりましたよ」

と、おさきが余裕の貫禄で言い出した。

「ご町内の棟梁やら町役が大山参りに行くというので一緒に水垢離《みずごり》をさせて、ち

ったあ欲気を落としてこいと送り出したところですよ」

「落ち着きそうじゃな」

「女に入れ揚げた分、これからたっぷりと働いてもらいますよ」

おさきの表情にも明るさが戻っていた。

「それでさ、おまえ様になんぞお礼をしたいのですがねえ」

「女将どの、得意先の災難にちょっかいを出しただけの話。礼など無用に願いたい」

「おうづちゃんに相談したら、赤目様ならきっとそう申されますと言われたんでねえ」

と言ったおさきが帳場を出ていった。そして、奥からなにやら両手に大きな包みを抱えてきた。

「旦那の綿入れを縫い直したんだが、舟に乗るときに使っておくれでないか」

と差し出されたのは、漁師が大漁の折に着るどてらのようなもので、綿がたっぷりと入ったところに刺し子縫いがされていた。裏を返すと、五条の橋の上の牛若丸と弁慶の戦いが現れた。

「赤目様、きっとお似合いですよ」

うづの言葉におさきが、

「着てみて下さいな」

と襟を広げた。

「よいのか、このようなものを頂いて」

「さあさあ」

と二人の女に急《せ》かされた小籐次は綿入れの刺し子を着せられた。なんとも温かいもので、

「これはよい。これならば舟の上だけではなく夜具にもなりそうだ」

「喜んで頂いてようございましたよ」

「大事に使わせて頂く」

うづは饂飩を馳走になり、小籐次が刺し子のどてらを着たのを確かめ、歌仙楼を辞去した。

この昼からは歌仙楼の刃物を研いで時を過ごし、日が落ちて小舟を門前町の船着場から出した。

もらった刺し子が寒風を通すこともなく体を守ってくれた。

小籐次は、おさきの好意に値することを、

「己は為したか」

と自問しつつ、身も心も温かに大川を渡った。

第五章　雪降り蛤町

一

霜月《しもつき》が去り臘月《ろうげつ》に入り、寒さが一段と厳しくなった。そのせいで、新兵衛長屋の厠《かわや》の脇に咲く寒椿の赤が冴えて見えるようになった。月が変わったからといって格別なにが変わるわけでもない。が、世間はなんとなく慌しくなった。

その朝、小籐次が目を覚ますと、いつもより空気がぴーんと張ったように感じられて、長屋じゅうが森閑《しんかん》とした静寂の中にあった。

小籐次は夜具の下におさきからもらった綿入れの刺し子を掛けていたが、亀のように首を伸ばして未明の暗さを推し測った。

七つ半（午前五時）時分か、と推量をつけた小籐次は温もりの中から這い出した。

（寒いぞ、これは）

古浴衣《ゆかた》の帯を締め直し、厠に行くために土間に下りた。

腰高障子の外がいつもよりも白々として見えた。

つっかい棒を外して戸を開くと、どぶ板が真っ白に変わり、ちらちらと雪が降っていた。

「寒いはずじゃ、雪か」

小籐次は外したつっかい棒を板壁に立てかけ、破れ傘を手にした。いつぞや仕事先で雨に降られたとき、

「破れ傘だが、持っていきねえ」

と客がくれたものだ。

小籐次は破れ傘を窄《すぼ》めて差し、雪のどぶ板を踏んで厠に向った。

堀の水面から雪が冷たい風と一緒になって、浴衣だけの体に襲いかかってきた。

舫われた小舟も杭も真っ白に装われていた。椿も縮こまるように、雪の綿帽子をつけて花を下に向けていた。

薄ぼんやりとした明かりの中、白と赤の椿を見ながら厠に視線を向けた。

厠の陰から黒い影が飛び出してきた。

小籐次はちらつく雪を斬り裂いて白刃が襲いくるのを確かめる暇もなく、咄嗟に窄めた傘で払っていた。

ばさり
と傘が斬り割られ、小籐次は襲撃者に傘を投げつけるように捨てると、後ろへと飛び下がっていた。

相手が間合いを詰めてきた。

だが、投げ捨てた傘と降り積もった雪が襲撃者の踏み込みを甘くした。

それが小籐次を二撃目から守った。

小籐次は堀端の地形を意識しながら小舟に飛んだ。うまい具合に舟の真ん中に飛び下りた。

咄嗟に竿を摑んで、堀端まで突進してきた襲撃者の足を薙《な》いだ。

相手が飛び上がるのが見えた。

小籐次に余裕が生まれた。

竿を引き付け、着地する相手の腰を突いた。

よろめく相手の刀が竿先に斬りつけた。

その背後で、
わあっ！

叫び声が上がり、頬被りして面体を隠した襲撃者は小籐次を、さらに後ろを振り返って、舌打ちをし、長屋の奥へと逃げ去った。

ふうっ
と身震いした小籐次は、竿を手にしたまま小舟から長屋の敷地に這い上がった。

すると、どぶ板の上で勝五郎が立ち竦んでいた。

「だ、旦那。だ、大丈夫か」

勝五郎が震える声で聞いた。

「そなたのお蔭で助かった」

小籐次は襲撃者が姿を消した隣の長屋との間の垣根を見た。

降り積もった雪の上に刺客の足跡が乱れてついていた。

長屋じゅうから顔が覗き、

「どうした、勝五郎さんよ」

「泥棒か」

などと寝ぼけ眼《まなこ》で問い質した。

「長屋の衆、心配はもはやいらぬ。雪が降る寒さに、おこもさんでも紛れ込んできたのであろう」

立ち竦んでいた勝五郎が小籐次の顔を確かめるように見た。その顔へ小籐次が頷き返し、その意を察した勝五郎が、

「すまねえ、つい大声を上げちまった」

と謝った。

「なんでえ、そんなことか」

雪が激しく降り出して闘争の痕跡を素早く消していた。

小籐次は竿を小舟に投げ戻し、斬り割られた破れ傘も片付けた。

勝五郎と並んで小便をした。

「勝五郎どの、内密にしておいてくれ。長屋の衆を心配させたくないでな」

「承知した」

とようやく落ち着きを取り戻した勝五郎が、

「どこぞの大名が差し向けた殺し手か」

「まず間違いなかろう。うっかり小便もできぬわ」

「おまえさんという人は」

と勝五郎は言うと、雫《しずく》を切るように腰を振った。

「旦那、肝を冷やした上に雪だ。朝湯に行かねえか」

「そいつはよき考えじゃな」

小籐次は長屋にとって返すと、戸口の前で頭に積もった雪を払い落とし、古浴衣を脱ぎ捨て、仕事着に着替えた。

その腰に次直だけを差し落とし、湯銭十文と手拭と糠袋《ぬかぶくろ》を持った。

すでに勝五郎は木戸口で傘を差して待っていた。

小籐次の腰の刀に目をやった勝五郎が傘を差しかけ、

「ありゃあ、おれが命を救ったんじゃねえや。破れ傘がおまえさんの命を助けたんだ」

「不覚であった。つい、わが長屋と油断しすぎた」

「どえらいことを始めたもんだねえ。版木屋でおまえさんの独り戦の話を聞いて、ぶっ魂消《たまげ》たぜ」

「すべては己が蒔いた種だ」

「気骨《きこつ》のある侍がいねえや。おまえさんの戦を江戸じゅうが応援していると言いたいが、なあに、骨のねえ野次馬ばかりが騒いでいるだけだ」

二人は加賀湯の前にやってきていた。

朝湯は明け六つ（午前六時）に店を開けた。

今朝は雪のせいか、加賀湯ではいつもより早く常連客を入れようとしていた。

町内の年寄りと一緒に番台に湯銭を投げ込み、小籐次は刀を預けた。そうしておいて常連と競うように二人は上がり湯を使い、石榴口《ざくろ》を潜った。

もうもうとした湯気が客の到来に逃げ惑うのが、ぼんやりとした行灯の灯りに見えた。

湯船に身を浸して、寒さに縮こまった筋肉を感じた。

「生き返った」

「まったくだ」

と答えた勝五郎が、

「いつまで戦は続くんだ」

と聞いた。

「こいつばかりは相手様に聞いてくれぬか」

「三十五万七千石の西国大名に知り合いはねえからね」

「知り合いになりとうはないが、関わり合いになってしもうた」

「災難と言いたいが、確かに旦那が蒔いた種のようだ」

と応じた勝五郎が、

「今日も仕事に出るかえ」

「商いは飽きないというでな。雪が降ろうが出ずばなるまい」

「居職《いじょく》はよ、毎日かかあと餓鬼《がき》と顔を突き合わせていらあ。うんざりするときもあるがよ、こんなときは有り難いぜ」

「羨《うらや》ましいな」

体の芯《しん》まで温まるように湯に浸かった二人は加賀湯を出て、さらに雪が激しさを増しているのに気付いた。

「旦那、これじゃあ、舟で大川を渡れないぜ」

「そうだな、久慈屋に行って仕事をさせてもらおう」

「それが得策だ」

長屋に戻った小籐次は仕事着の上に蓑《みの》をつけ、菅笠を被って道具を抱えた。

新兵衛長屋の木戸口を出ると、視界が利かないほどに雪が激しさを増していた。

芝口橋も東海道筋もいつもの人の往来はなかった。駕籠かきが足場を気にしながら、客を運んでいるのに出会ったくらいだ。

久慈屋はそれでも店を開いていた。

小僧の国三が雪搔きをしていたが、

「おや、赤目様。この雪にお仕事ですか」

「遠くには出かけられぬのでな。久慈屋どのに参った」

「それはいい考えですよ」

店先に入ると土間にも火鉢が出ていた。大番頭の観右衛門が小籐次を見て、

「大雪になりそうですな、赤目様」

「朝湯に行ったが、すぐに体が冷えてしもうた。遠出はできぬゆえ、こちらに伺いましたが、御用がござろうか」

「道具の手入れをするにはうってつけの日です。土間の火鉢のそばに仕事場を作りなされ」

観右衛門の許しをもらって、風の吹き込まぬ土間に筵を敷き、その上に座布団まで敷いてもらい、鉄瓶の載った火鉢がかたわらに置かれた。

小籐次の前に何丁もの小刀やら鋏が集められ、日がな一日、東海道を往来する人馬や駕籠を見ながら、研ぎ仕事を続けた。

久慈屋の客もいつもより少なかった。それでも荷の出し入れはあった。そんな忙しさを横目に見ながら、ひたすら刃物を研いだ。

外の気温はさらに下がったようだが、体を動かし続ける小籐次のかたわらの鉄瓶がしゅんしゅんと沸く音がして、寒さを感じることはなかった。

昼は久慈屋の台所で奉公人と一緒に雑炊を馳走になり、また研ぎ仕事に戻った。

砥石と向い合い、神経を集中しての研ぎ仕事が騒ぎを忘れさせた。だが、ふと手を休めて往来する人を見るとき、

(なんとも殺伐とした境界に身を置いたものよ)

と自嘲《じちよう》の思いが去来した。

(致し方あるまい。自らが選んだ道じゃ)

と納得させて、再び刃物を研ぐことに専念した。

夕暮れ前、久慈屋の前に乗り物が着いた。江戸でも名代の商人だ。武家が乗り物を乗り付けることは珍しくもなかった。

だが、女乗り物だった。

久慈屋の観右衛門たちが訝しげに視線をやる中に、お付き女中の声が響いた。

「こちらに赤目小籐次様はおいでなされましょうか」

小籐次が土間の一角から顔を上げ、

「赤目はわしじゃが」

と返事をした。

その声を聞いたか、女乗り物の戸が引かれ、陸尺《ろくしゃく》が履物を揃えて、内掛けを羽織った奥女中が立ち上がった。

透き通るような白い顔を、白い雪がさらにきめ細かい肌に見せていた。

小僧の国三らが口をあんぐりと開けて見とれるほどの端麗な美貌の主は、おりょうだった。

「おりょう様」

「赤目様、お仕事の最中、申し訳ございませぬ」

小籐次に謝ったおりょうは、視線を観右衛門に向けた。

「久慈屋様、店先を騒がせまして申し訳ございません」

「なんの、そのようなことは」

と応じた観右衛門が小籐次を見た。

小籐次は伊丹唐之丞が教えてくれた、

「寄残花恋《のこりはなよするこい》」

という言葉を思い出していた。

(葉隠れに散りとどまれる花のみぞ忍びし人に逢ふ心地する)

とその心を説いてくれた。

(おりょう様は赤目小籐次の花じゃ。ただ胸の中に秘めた女性《にょしょう》じゃ)

と思いながら言った。

「大番頭どの、旗本水野監物様お女中おりょう様にございます」

「霊南坂の水野様にございますか」

観右衛門の問いに小籐次が頷き、観右衛門は、

(となれば、大御番頭《おおごばんがしら》だったはず)

と頭から記憶を引き出した。

「赤目様、雪の中おいでとは、急ぎの御用かと存じます。座敷をお使いになりませぬか」

小籐次は観右衛門の方からおりょうに振り返って、

「お借りしてよかろうか」

「座敷はいくらもございます。おりょう様、外はお寒うございます、ささっ、中へお入り下さい」

「久慈屋様、お言葉に甘えさせて頂きます」

おりょうが鷹揚《おうよう》にも申し出を受けた。

火鉢がいくつも置かれた庭の見える座敷で、小籐次はおりょうと対座した。

庭木にはどれも雪が被り、泉水の岸に置かれた石灯籠など五寸余の綿帽子を被って、万両《まんりょう》の実もかすかにその赤が見てとれるほどだ。

久慈屋では、娘のおやえ自ら茶菓を運んできて二人だけにした。

「久慈屋様には迷惑を掛けました」

おりょうがそのことを気にした。

「家族同様のお付き合いを許された家にございます。主どのには、それがしが詫びておきますすでご心配なされますな」

小籐次はそう言うと、用はなにかとおりょうを促した。

「赤目様は、おりょうのためには命を捨てると申されました」

「いかにも、二言はございませぬ」

「お助け頂けますか」

「申されよ」

おりょうが頷くと、しばし瞑目《めいもく》した。

「私のことではございませぬ。主家のことにございますれば、赤目様の胸の中だけに納めて下さいますか」

「おりょう様、承知致した」

「過日、奥方の登季《とき》様に上屋敷に呼ばれました。このところ主の監物様の様子が只事《ただごと》ならず、登季様もお付きの方々も、監物様が自刃《じじん》なされるのではと昼夜見張っておいでとか。おりょうは殿のお気に入りゆえ、事情を問い質してくれぬか、とのお頼みにございました。赤目様もご存じのように、私は十六で水野家に奉公に上がりました。監物様は蒲柳《ほりゆう》の質にございまして、そのせいか気難しいところがおありです。体調を崩されると下屋敷で静養なされますが、癇が昂《たか》ぶった折も、なぜか私の言うことならお聞き入れ下されました。監物様のお子は男子ばかり三人ということもございましょうが、私を実の娘のように可愛がって頂きましてございます。登季様は最後の頼みがおりょうと申されて、上屋敷に呼ばれたのでございます」

「監物様のご懸念《けねん》、ご奉公と関わりがございましょうか」

「ご存じかとは思いますが、殿様の御役、君側に仕える大番頭にございます。一《いっ》朝《ちょう》事が起こったときには真っ先に上様をお守りする武官の頭取にございますが、申し上げましたようにお体が弱く、幾組かおられる大番頭の中でも上様のご信頼厚しとは正直申し上げられませぬ。そのことを一番悔やんでおられるのは、殿様ご自身にございます」

と監物の役職を説明したおりょうは、

「殿様の様子が訝しいと感じられるようになったのは、十数日前からのことにございますそうな。どうやら御城下がりした後のことのようで、おそらくは城中でなにごとかあったと思えます。それが監物様にご心痛を与え、死をもお考えなされているように思えます」

「おりょう様が新兵衛長屋に使いを立てられたのは、このためにございますな」

「赤目様が未だ肥前鍋島家と独り奮闘をなされていることも気付かず、お言葉に甘えようと考えました。その後、用人どのから赤目様の小金井橋十三人斬りの武勇をお聞きして、このような大事のときにと使いを出すことを控えさせました。ですが、門番から赤目様のお言伝《ことづて》を聞き、厚かましくも参じました」

「おりょう様、ようもそれがしの言葉を思い出してくださいました」

と答えた小籐次は、

「監物様はおいくつにございますか」

「当年とって三十七、ご嫡男は十四歳の由太郎様、ご次男が十二歳の淳次郎様、ご三男が七つの燿之助《ようのすけ》様にございます」

「奥方の登季様は」

「御歳は三十二にて、出は高家《こうけ》三千八百石、品川泰継様のご息女にございます」

「およそのところは相分り申した」

と答えた小籐次は、

「監物様にお目にかかることはできましょうか」

「上屋敷は難しゅうございましょう。ですが、下屋敷なればなんとでもなります」

「近々お見えになることは」

「ただ今静養のために滞在なされておられます」

「二、三日内に下屋敷に忍んで参りましょうか」

「赤目様のこと、監物様にお話し申し上げてようございますか」

「それがよろしいとおりょう様がご判断なされるならば、そうなされよ。じゃが赤目小籐次の名は告げぬほうがよろしかろう。ただ今、それがしは江都《こうと》を騒がす人物にござれば」

しばらく思案したおりょうが頷き、

「水野家は私にとって実家のようなもの。監物様は父上、登季様は母上のようなお方にございますれば、赤目様には、おりょうのことと思し召してよろしゅうお願い申します」

と深々と頭を下げ、小籐次を狼狽《ろうばい》させた。

二

おりょうが久慈屋を辞去した後、小籐次は主の昌右衛門の部屋に呼ばれた。同席したのは大番頭の観右衛門だけだ。

「赤目様は大番頭の水野監物様のお知り合いにございましたか」

「いや、水野様は存じ上げぬ。下屋敷を取り仕切っておられるおりょう様は、奉公に上がられた折から顔見知りにござる」

とだけ二人に説明した。

将軍家の親衛隊である大番頭は寛永九年（一六三二）より十二組あり、これが定数であった。また一組は大番頭一人、大番組頭四人、大番衆五十人、与力十騎、同心二十人よりなっていた。

監物の下に八十四人の組下がいて、十一人の同輩がいた。

「お二人に、ちと相談の儀がございます」

と前置きして、おりょうの願いを説明した。

「赤目様はなんとも忙しいお人にございますな」

と観右衛門が呆れたような顔をした。

昌右衛門は腕組みをして考え込んでいたが、

「ちとお時間を頂ければ、城中でなにが起こっているか調べはつきましょう」

と請け合った。

「お願い申す」

小籐次は頭を下げた。

久慈屋で高下駄を借り受けた小籐次は、馬場先堀へと傘を差して向った。

道には五、六寸の雪が降り積もり、尚《なお》も曇天から白いものが次から次へと落ちてきていた。

雪を喜んでいるのは犬くらいで、通りからは人影が絶えていた。

赤目小籐次は高下駄の歯の間に挟まる雪を気にしながらも、鍛冶橋御門から大名小路を抜けて馬場先堀に辿り着いた。

訪ねる先は老中青山下野守忠裕の上屋敷だ。とはいえ、浪々の身の小籐次の用向きを門番が受けてくれるかどうか自信はなかった。すでに大門は閉ざされていたが、通用口に門番が二人立っていた。

「率爾《そつじ》ながらお頼み申す。こちらにご奉公のおしん様にお目にかかりたい」

「おしん様とはだれか」

門番が警戒の様子で問い質した。

おしんが密偵と言えるわけもない。どうしたものかと思案した末に、中田新八の名を出した。

「そなた、中田様と知り合いか」

「はい、おしん様とも知り合いにござる」

「そなたの名はなんと申す」

「赤目小籐次にございます」

「待て」

門番はなにか思い当たるようで小籐次を待たせた。

おしんが老中屋敷に住んでいるかどうか判然としなかったが、それしか手がかりはなかった。

小籐次が青山家の門前に待つ間も、雪は間断なく降り続いた。

「赤目様」

とおしんの声がして、屋敷奉公の奥女中の拵えのおしんが通用門から顔を覗かせた。

「おおっ、おられたか」

「お入りなさいな」

格好とは裏腹に、おしんの言葉は町娘そのものだった。

「頼みごとで屋敷にお邪魔してよいものか」

「殿様も赤目様のことはご存じです。遠慮は無用ですよ」

小籐次は老中の上屋敷の御用部屋に引き入れられた。

「かような日にわざわざおいでになるとは余程の大事ですか。肥前佐賀藩と真っ向から戦になったのかしら」

「そうではない」

小籐次はおりょうの頼みを話し、

「城中のことなれば長屋暮らしではどうにもならぬ。そこで、そなたの知恵を借りに参った」

「赤目様、おりょう様とはどのようなご縁なのです」

「ご縁も何も、屋敷が近くにあっただけじゃ」

「まあ、そういうことにしておきましょう」

と答えたおしんが、

「大番頭水野監物様が陥った苦衷の原因が、なにか調べればよいのですね」

「なんとかなりそうか」

「赤目様のために思案してみましょう」

とおしんが請け合ってくれて、小籐次は、

「いや、安心致した」

と胸を撫で下ろした。


雪はその日の夜じゅう降り続き、夜明け前に止んだ。

朝起きてみると、どぶ板の上に一尺以上も雪が降り積もっていた。長屋では外商いの棒手振りや職人たちが、

「これじゃあ、仕事にならねえや」

「大工殺すにゃ刃物はいらぬ、雪の一尺も降ればいい、か。くそっ！」

とぼやく声があちこちからした。

小籐次も小舟を出すことを諦め、この日は一日、引き物の風車や竹とんぼを作って過ごすことにした。

隣家の勝五郎は急ぎ仕事を仕上げて、昼前に版木屋に届けに出ていった。その勝五郎が戻ってきて、

「足元が悪いったらありゃしねえや。だがね、出てみると得することもあるんだねえ。版木屋が猪の肉をくれやがった。もらい物らしいが、猪の肉など気持ちが悪いとだれも食わねえらしい。猪鍋《ししなべ》にしようと思うのだが、一緒にどうだえ」

「そいつは馳走じゃな。ならば、それがしが酒を持って参ろう」

「よし、これで酒と肴が揃ったぜ。七輪に火を熾《おこ》すからさ。早めに酒を飲もうぜ、旦那」

と隣へ戻っていった。

小籐次は切りのよいところで仕事を止めた。

「おっ母、味噌をくれ。菜もたっぷり切っておくんだぜ」

壁の向こうから七輪に土鍋をかけた様子が伝わってきた。

久慈屋が米塩味噌と一緒に届けてくれた酒が、大徳利にそのまま残っていた。

小籐次はそれを提げて、

「お邪魔してよいか」

と勝五郎の戸口に立った。すると、おきみがいつもとは違う興奮の体で野菜を刻み、鍋番の勝五郎のそばには一人息子の保吉がへばりついていた。

部屋に鍋から上がる湯気が満ちて、外の寒さを吹き飛ばしてくれた。それに味噌仕立ての猪肉が煮える匂いがなんともたまらない。

「この寒さには鍋が一番だぜ。上がったり上がったり」

小籐次はおきみから茶碗を二つ借り受け、七輪に掛けられた鍋の側に座した。

茶碗を二つ畳の上に置くと、大徳利から酒を注いだ。

「なんてこった。猪肉の煮上がる匂いと酒の香りが混じってたまらないぜ。上酒だねえ、奢《おご》ったな」

「久慈屋どのからの下され物だ」

二人は茶碗を手にすると、口を付けた。

「ういっ、たまらないぜ」

おきみが四人前の椀を用意して七輪の前に座した。

「おっ父、食べてえな」

保吉が催促し、

「肉はいくらもあらあ。しっかり食べろ」

と椀に杓文字《しゃもじ》でよそった。

保吉がふうふう言いながら猪肉を頰張り、

「熱いや、旨《うま》いや」

と叫んだ。

「熱いのか旨いのか、どっちなんだ」

「熱くてよ、そんで旨いのさ。おっ父」

小籐次の前にも椀が置かれ、

「酒もいいが猪肉も食べてくんな。雪なんぞは一払いだぜ」

と勝五郎が勧めた。

「頂戴しよう」

猪肉を口に入れた小籐次の体にほんわりと、家族の夕餉の団欒《だんらん》の幸せが沁み込んでいった。

「旨いぞ、これは」

「そうかえ」

と勝五郎が嬉しそうに茶碗酒を飲み干した。


雪は止んだ。

だが、江戸の町じゅうに降り積もり、往来する人々の足元がおぼつかない。

お店では手代や小僧が総出で雪掻きをして、その雪を堀に落とし込んでいた。

堀から遠いところでは路傍や塀際に積むものだから、道が半分ほどに狭くなって足場が悪かった。

徒歩で行く人にはすっかりと晴れ上がった天気がかえって恨めしい、そんな陽気だった。

小籐次は小舟に降り積もった雪を堀に流し、仕事の仕度をした。歩いて出かけるとなれば大変だが、水上を行く分にはなんの支障もないと思ったからだ。だが、用心のために、歌仙楼のおさきがくれた刺し子の綿入れも舟に積んだ。

商売道具を積んでいると、まだ酒気が残った顔の勝五郎が厠に来て、

「仕事かえ」

「昨夜はたいそう馳走になった。お蔭で本日は気分壮快にござる」

「いやはや、酔いどれ小籐次と世間が言うはずだ。なんとも底知れない酒飲みだぜ。おれなんぞは太刀打ちできねえ。ああっ、酒がねえ国に行きたい」

「二日酔いにござるか」

「そんなことも言ってられねえ。仕事をしなきゃな」

と自らを鼓舞するように言って勝五郎は厠に入り、小籐次は小舟を出した。

小舟を流れの真ん中に置きながら御堀から築地川を下っていった。よく注意していないと、どこから雪の塊が落ちてくるやもしれなかった。が、内海（江戸湾）に出たところで、ようやくその気遣いはなくなった。

雪に覆われた江戸の町並みを水上から見ると、見慣れたはずの景色が新鮮に見えた。屋根や松の枝に残った雪が江戸を清々《すがすが》しくも一変させていた。

小籐次はいつものように佃島と鉄砲洲の間を抜けて、大川河口を右岸から左岸へ横切り、深川の運河へと乗り入れた。すると、子どもたちが雪掻きをしながら遊んでいる歓声が響いてきた。

うづは来ていまいと思ったが、蛤町裏河岸の船着場にはうづの百姓舟があり、菅笠が見えた。荷を広げているところを見ると、たった今着いたようだ。

「よう降ったな」

「あら、赤目様、この辺りは大したことないわ。平井村なんかもっと積もっているもの」

「それでよう仕事に出てこられたものよ」

「お父つぁんもおっ母さんも、こんなときはどうしても青物がなくなるから、日頃のお得意様に持っていけと、一昨日に用意していたものを持たせてくれたの」

「よい心掛けじゃな」

小籐次はまず船着場に降り積もった雪を、小舟に載せていた板で水面に落とし、うづから箒を借りて、残った雪を綺麗に掃き落とした。さらに、河岸へ上がる石段の雪を掃除していると、おかつが顔を見せて、

「おや、研ぎ屋の旦那。おうづちゃんも顔を見せてくれたかい」

と杭の上に板二枚を張っただけの船着場に下りてきて、うづの野菜を買った。

おかつが長屋に戻り、百姓舟が着いたことを喋ったせいで、ぼつぼつと女たちが蛤町の裏河岸にやってきた。

「うづどの。それがし、八幡橋に行って参る」

「曲物師のところに行くの」

「さよう。万作どのに御用があるかないか伺ってこよう」

小籐次は黒江町の八幡橋際にある、檜で曲物を作る万作の仕事場に向った。水上から見る雪景色は綺麗だが、実際に深川の狭い道を歩いてみると歩きにくかった。

天秤棒に荷を振り分けた魚屋など、危なっかしい腰付きでゆっくりと残り雪を踏みしめていく。

万作の店の前は丁寧に雪掻きがなされて、その前を通る人もそこに差し掛かるとほっとした顔を見せていた。

「万作どの、なんぞ御用がござろうか」

「ちょうどいいところに来なさった。猫の手も借りたい時節、道具の手入れをしている余裕がねえや。ちょいと待ってくんな。布に包むからさ」

と、手際よく小刀などを布に包み込んだ万作が、

「この町内に経師屋《きょうじ》があるんだがよ。師走のことだ、裁ち包丁も研げねえ忙しさというから、おまえ様のことを口にしたら、ぜひ寄ってくれとさ。この先を半町ほど行った右手だ」

と新たな得意先を紹介してくれた。

「有り難うござる」

「おれっちの道具は、夕方までに研ぎ上げてくれればいいぜ」

「承知致した」

小籐次は紹介された経師屋の根岸屋を訪ね、親方の安兵衛から三本の裁ち包丁の注文を受けた。

親方と三人の職人が顔も上げずに刷毛《はけ》を使い、裁ち包丁で紙を裁断していた。

「夕刻までには必ず仕上げてお届け致す」

「お願い申しますよ」

と還暦を超えたふうの親方が手は休めず答えた。

船着場に戻った小籐次は冷たい堀の水を洗い桶に汲み上げ、大物の裁ち包丁から研ぎ仕事に入った。

うづの百姓舟にはひっきりなしに女たちが青物を求めにやってきた。町内の八百屋から青物がまったく姿を消したという。中には店を開けない八百屋もあるそうな。青物市場が開かれず、仕入れができないのだ。

そのせいで、うづの百姓舟は客足が途絶えることはない。

「あら、餅を持ってるのかい。それももらっていくよ」

「おうづちゃん、干し柿おくれな」

そんな女たちにうづが応対する声を聞きながら、小籐次はひたすら仕事に専念した。

「赤目様、お昼にしない」

客が途切れた頃合を見計らってうづが声を掛けてきた。

「どこぞの蕎麦屋に参ろうかのう」

と答えながら、小籐次は万作と経師屋の仕事が夕暮れまでに終わるかどうか気にした。

「今日は握り飯を用意してきたの。赤目様のぶんもおっ母さんが作ってくれたわ」

と竹皮包みを一つ寄越してくれた。

「なんと、それがしの弁当もか」

竹皮を開くと、五目御飯の握り飯が三つに、瓜の味噌漬けが添えられてあった。

「おおっ、これは美味そうな。頂戴してよいのか」

「今日あたりはきっと会うと思って用意してきたの。さあ、食べて」

「馳走になる」

二人は日溜りの船着場で握り飯を頬張り、四方山《よもやま》話をしながら昼餉を終えた。

「助かったぞ、うづどの。夕暮れまで目いっぱい働くことになりそうだと案じていたところだ」

小籐次は早速仕事に戻った。

うづは、

「歌仙楼の女将さんのところに残しておく野菜だって危なくなったわ。私はこれで河岸を変える」

「ならばまた明日会おうか。この次は、それがしがなんぞ奢ろう」

「待ってるわ」

うづが手際よく荷を片付けて舟を出した。

晴れていた空が昼から再び曇り始め、急に寒さがぶり返してきた。

小籐次は肩に刺し子をかけて、仕事に精を出した。なんと再び雪がちらちら舞い始め、蛤町のあちらこちらの長屋から悲鳴にも似た声が上がった。

小籐次が曲物師の万作と経師屋の安兵衛の道具の手入れを終えたのは、七つ半(午後五時)に近い刻限だった。

舟の中を片付けると、研ぎ上げた道具を持って黒江町に向った。

その刻限になると雪は霏々《ひひ》と降り、菅笠の上に積もった。

「寒いのにご苦労だったねえ」

万作は酒代も加えてあると、研ぎ料に一分二朱をくれた。経師屋の安兵衛は渡された裁ち包丁を一目見て、

「おお、万作さんが褒めるはずだぜ」

と言うと早速使い、

「見事な切れ味にございますよ」

と新たに五本の道具を頼み、研ぎ料に一分を支払ってくれた。

「明日にはお届け致す」

そう約定した小籐次は、降る雪にも拘らず、心に温かなものを感じながら小舟に急いだ。

三

蛤町の裏河岸から船着場へと下りる石段には、再び雪が一寸余り積もり始めていた。

すでに夜の帳《とばり》が下りていたが、雪のせいで白と黒の町並みがぼんやりと浮かんでいた。

小籐次は滑りやすくなった石段を一歩ずつ下った。すると、堀に七間ほど伸びた狭い船着場の先端に背中を向けて待ち人がいた。

羽織の肩にも塗り笠の上にも白く雪が積もっていた。

小籐次の気配を察したか、男が羽織を脱ぎながらゆっくりと振り向いた。

見知らぬ武家だ。

身形《みなり》からして明らかに浪々の武士ではなかった。屋敷奉公の、それも中級の禄高の武家と察せられた。

身丈は六尺を超えていた。

足元は武者草鞋で固め、襷がけの仕度をしていた。

過日、新兵衛長屋の厠の陰から襲いきた人物ではなかった。

(あの者よりもはるかに強敵)

と小籐次は悟った。

「お手前は」

「タイ捨流《しゃ》副嶋勢源《そえじませいげん》」

若さがとれた声音だった。

「鍋島家には、丸目蔵人佐《くらんどのすけ》様創始のタイ捨流が伝わっておりますか」

小籐次は預かってきた裁ち包丁を足元に置いた。

「ご身分はいかに」

「佐賀藩剣術師範」

副嶋が名乗った。

ついに、佐賀本藩家臣が赤目小籐次討伐に一番手を送ってきた。

「副嶋どのは追腹組かのう」

ふふふっ

という含み笑いが洩れた。

「下郎、承知か」

「命に関わることゆえ、探り申す」

「余所者が調べたところで分るわけもない」

副嶋が剣を抜いた。

小籐次もそれに合わせるように次直の鞘を払った。

二人は幅二尺ほどの板の上にいた。その上には一寸から一寸五分ほど新たな雪が降り積もっていた。

小籐次の前方右手に雪を被り始めた小舟が舫われていた。竿が舟縁に立てられ、先端にも綿帽子を被っていた。

小籐次が流されないように立てていったものだ。

副嶋が刀の切っ先を斜め右肩に突き上げるような八双にとった。

小籐次は次直を左に寝かせた脇構えに置いた。

二人は雪が降り続く中で睨み合った。

間合いは七間をわずかに切っていた。

左右に身を躱す場所はない。

「参られよ」

小籐次の言葉に一拍置いて副嶋が、
すすすっ
と前進してきた。

小籐次は腰を落とし、開いた両足を船着場の板に擦り付けるように外へ流しながらゆっくりと進んだ。

間合いが見る見る縮まった。

水上から吹き上げた風が雪を舞い上がらせ、二人の対決者の横手から吹き付けてきた。

生死の間仕切りが切られた。

ふいに小籐次は前進する速度を変えた。

低い姿勢で副嶋の内懐に飛び込むように突進した。

副嶋の八双の剣が小籐次の肩口に下ろされ、小籐次の次直が胴打ちに放たれた。

それは副嶋の予測を超えた速さだった。

来島水軍流は船上で遣う剣技だ。狭い場所、揺れる舟は、もっとも得意とするところだ。

副嶋の袈裟懸けが微妙に狂った。

寸毫《すんごう》の差で小籐次の次直が副嶋の胴を薙ぎ、頭上から伸《の》し掛かってくる副嶋を避けた小籐次は船着場の狭い板から小舟に飛んでいた。

うっ
という声が小籐次の背で聞こえ、
ざぶん
という水音が響いた。

着地した反動で舟が揺れたが小籐次は腰を落としていた。

副嶋の体は船着場を挟んで向こうの水面に落ちていた。

「南無阿弥陀仏」

小籐次の口からこの呟きが洩れ、次直を鞘に収めた。舫いを解き、立てた竿を摑むと、ぐいっと杭を押した。

石段の前に置いた裁ち包丁を拾うと、舳先の向きを変えた。

副嶋の骸は引き潮が内海へと流してくれるだろう。

そう考えながら小籐次は竿を櫓に替えた。


戻り着いた長屋に灯りが点っていた。

小舟をそっと杭に繋ぎ止め、商売道具を長屋の敷地へと上げた。その気配に戸が開き、女の影が迎えた。

「おしんか」

「だれと思ったのかしら」

小籐次はそれには答えず、道具を長屋へと運び込んだ。

寒さに強張《こわば》った顔が急に緩むほど部屋には暖気があった。火鉢に火が熾され、薬缶《やかん》からちんちんと湯気が上がっていた。

「勝手に上がってすみませんねえ」

と伝法な口調で言い訳するのをよそに、小籐次は上がり框に置かれた大徳利を抱え込み、口を付けて一息に飲んだ。

「大川は凍えるほどに寒いからね」

ふうっ
と息をついた小籐次が、

「それもある」

「なんぞ酒を飲まなきゃあ落ち着かない理由《わけ》でもあるのかしら」

「佐賀本藩に組織された追腹組が刺客を送ってきた。此度は雇われ剣客ではない。剣術師範副嶋勢源と名乗りおったわ」

息を呑んだおしんが聞いた。

「斃したのね」

「斃さねば斃された。今頃、雪を被った骸は内海に流れ出たであろう」

おしんはしばし言葉を発しなかったが、

「なにはともあれ、おめでとうございます」

と両手を突いて祝意を述べ、

「自分ちよ、土間なんぞにいないでお上がりなさいな」

と小籐次を差し招いた。

「いやあ、生き返った」

火鉢のそばに上がり、正直な気持ちを洩らした。

大徳利を引き寄せ、二杯目は茶碗でゆっくりと喉に流した。

「なんぞ用事か」

「この前の一件ですよ」

「なにっ、もう調べがついたか」

「おしんの腕に掛かればこんなもの……」

と威張ってみせた。

「雪の中、相すまぬ」

「酔いどれ小籐次には似合わない言葉ですねえ」

「赤目小籐次は生来、根の優しい男でのう」

「おりょう様と申される見目麗しきお方のために、命まで張ろうというんですからね」

おしんはおりょうの身辺も調べたようだ。

「話してくれ」

「私にはお酒を勧めないのかしら」

「これは迂闊であった」

小籐次はもう一つ茶碗を持ってくると、大徳利の酒を二つの茶碗に注ぎ分け、一つをおしんの前に差し出した。

両手で受けたおしんが喉を湿らすように嘗めた。

「酔いどれ小籐次に酌をさせた酒も悪くはないわ」

と応えたおしんは、茶碗を膝の前に置き、話し出した。

「水野監物様が勤める大番頭は旗本直参四千石以上の大身が就く御役ということは説明することもございませんね。上様のお近くに控え、一旦事があればまず戦に出る。とはいえ、両御番と呼ばれる書院番や小姓組のように、親衛隊として上様の身を守るほどには近くもない。武官の最たる役職で、その下には大番組頭、大番衆、与力、同心と旗本から武芸によって選抜された者たちがつく」

おしんは、まず水野監物の大番頭を説明した。

「定数は十二人、配下に一騎当千の若武者を揃えているだけに、頭領たる大番頭は武張った者が多いの。今から十数日前、大番頭十二人の集まりが、大番頭先任の大久保播磨守裄恒《ゆきつね》様のお屋敷で開かれたそうよ。交替期や新任された者が加わるときに開かれる集まりは十二人の同輩が唯一顔を合わせる場なの。この折は新任三人の顔合わせで、なんぞとややこしく小うるさい習わしの儀式の後に酒が出た……」

新任の大番頭は緊張を未だ解けぬまま末席にいた。

新人の気持ちを察した水野監物が、

「もはや儀礼は終わり申した。気楽になされよ」

と声を掛けた。

「水野様、有り難うございます」

と新任の一人、四千三百石の小笠原多聞がほっとした表情を見せ、西郷忠善と柴田大博の二人も軽く頭を下げた。

その様子を岡部長貴がじろりとどんぐり眼で睨んでいた。

岡部の家禄は三千二百石、大番頭を務める中では低い。だが、幕府の役職は家禄の高い低いより、いつ任官したかが上下関係の基準となった。

この岡部は最先任の大久保と馬が合い、大久保の片腕を自任していた。

酒が回った頃合、岡部が喚くように言い出した。

「座が寂しいのう。新任どの、なんぞ芸など披露せぬか」

小笠原らは困った顔をした。

将軍家の護衛部隊の頭の寄り合いの場だ。まさかそのような指図があるとも考えず、小笠原らは困惑の体で顔を見合わせた。

「岡部様。それがし、武骨者にござれば、お歴々に披露する芸など持ち合わせておりませぬ。お許しをお願い申します」

小笠原の言葉に柴田も西郷も合わせた。

「なにっ、新任どのらは芸無しと申されるか」

すでに酒の回った岡部が吐き捨てた。

「おおっ、そうじゃあ、水野監物どの。そなたはなかなかの芸達者と聞き及んでおる。どうかな、新任どのにお手本を示されよ。この岡部、頭を下げてお頼み申す」

一座はまた岡部の酒癖の悪さが出たかと鼻白みながらも黙り込んでいた。口を挟めば、とばっちりが回ってくることが分っていたからだ。

「岡部どの、それがしも披露する芸の持ち合わせなどございませぬ。じゃが、先任のご指名をお断わりするのも失礼と存ずる。下手な謡《うたい》にて御免蒙ります」

と断わった水野監物が姿勢を正して、

「あわれ苦しき瞋恚《しんい》の焰《ほのお》の立ちあがりつつ、味方を見れば、高祖に属《しょく》して寄せ来る波の、荒き声々聞けば腹立ち、いで物見せんと自ら駆け出で敵《かたき》を近付け……」

と古代中国の武将項羽《こうう》とその寵愛の虞《ぐ》氏《し》の物語「項羽」を謡い始めるや、一座に異様な物音が響いた。

「止めよ、水野どの！」

目を開けた水野が岡部を見ると、白扇で膳を乱暴に叩きながら、喚いていた。

「そなた、この岡部を無教養者と侮り、謡などを聞かせようとなさるか。いよいよ気が滅入るわ」

「これは失礼をば致しました。なんぞ芸を披露せよと申されるによって、恥を承知で唸り申した。ご不快お許し下され」

「いや、許さぬ」

すでに岡部の両眼が据わっていた。

一座は黙然として声もない。

「水野どの。そなた、大番頭の役職をどう心得られる」

いきなり岡部の話柄《わへい》が変わり、

「どうと申されても、お答えのしようがございません」

「答えようがないとな。そもそもわれらは、一旦火急の事あれば真っ先に戦場に駆け付けるのがお役目。そなたのように蒲柳の質の身を大切にされ、しばしば仲間の寄り合いにも顔を出されぬようでは、御役にも立ち申さぬ。大番頭には不向きやもしれぬ。のう、大久保様、大番頭の御役に就きたいと申される武辺《ぶへん》の直参旗本はいくらもおられよう。この際にござる。水野どのに身を退いて頂き、新任を入れるというのはいかがかのう」

目が据わった岡部の視線が大久保に向けられ、
にやり
と笑いかけると、また水野監物を睨んだ。

岡部は自ら柳生新陰流の剣術をよくし、屋敷には腕自慢の武芸者を抱えていた。そして、常に無外流の達人馬渕権平邦緒なる武術家を連れ回して周りを威嚇している、と評判が立っていた。

岡部は家禄が上の水野監物を嫌い、事あればなんぞ嫌がらせをと考えていたから、新任に優しい態度を見せた水野を見逃せなかった。

「これ、岡部どの。酒の席でさような話を致すものではないわ」

と大久保がおざなりに諫《いさ》めた。

「いや、大久保様、よき機会にございますぞ。なよなよとなされた水野監物どのが辞職なされば、大番頭は一気に戦力を上げ申す」

と、こうまで言われて水野が反論した。

「岡部どの、酒に酔い狂われたか。大番頭は上様直々に命じられる御役。同役のそなたに辞職せよといわれる謂れはござらぬ。またこの水野がものの御役に立たぬと申された悪口雑言《あっこうぞうごん》、酒の上と考え、この場は聞き逃す。以後、口は慎みなされ」

水野監物が座を立とうとすると、

「待たれよ、水野どの！」

と岡部が脇差に手をかけ、

「言うたな。よし、武士がそこまで申す以上、勝負致せ。さあ、抜け！」

と喚いた。

さすがに座の主の大久保が、

「岡部どの。ちと座興が過ぎようぞ」

と忠言した。

「いえ、大久保様。ものの役に立たぬ者など大番頭が誇《そし》られる因。この際、白黒をはっきりとさせたほうがようござる」

「水野どのが申されるように、われらの御役は上様直々の任命にござれば、われらが御役をうんぬんするは僭越《せんえつ》にござろう」

「ですが、武官の最右翼のわれらに腑抜け旗本がいては、御用が務まりませぬぞ」

「腑抜けと申されたか」

監物もついに堪忍袋《かんにんぶくろ》の緒を切り、真っ青な顔で脇差に手をかけた。

「おお、申したわ」

互いに脇差に手をかけたのを、

「待て、待たれよ！」

と必死に一座の者が押し止《とど》めた。

「……いえね。水野監物様は、大久保播磨様と岡部の企てに乗せられたんですよ」

　とおしんが言い、

「その場を取り鎮めるために、近々手打ちの宴会を持つことが決まったそうだけど、二人はもう一度茶番を演じて、なんとしても水野様を御役から退《ひ》かせ、自分らの息のかかった者を大番頭に推挙して、口銭を稼ごうと考えているんですよ」

「上様のおそばにある者が馬鹿げた振る舞いをのう。呆れたわ」

「ともかく大久保様と岡部は、大番頭の表芸である武芸の場に水野監物様を引き出して、恥をかかせる算段なの」

「その算段の日取りと場所は決まったか」

「日取りは決まってはいません。場所はおそらく岡部邸でしょう」

「水野様は、そのことを恐れて自刃まで考えておられるか」

「騒ぎの場ではなんとか体面を保たれたものの、屋敷に帰って先方の企てを考えたとき、自らもご家来衆にも腕の立つ方がおられない。それを思い悩んでいらっしゃるんじゃないかしら」

「どっちもどっちじゃ」

と呟く小籐次に、おしんが、

「ここはおりょう様の為に、酔いどれ小籐次が一肌脱いで下さりませ」

と唆《そそのか》した。

四

おしんを屋敷まで辻駕籠で送り届けた小籐次は長屋に戻り、行灯の灯りを掻き立てて、書状を認《したた》めた。

無論、おりょうに宛ててだ。

書き終えた小籐次は雪の中、今里村まで出向き、屋敷の門番に預けると、そのまま芝口新町の新兵衛長屋に引き返した。

刻限は六つ半（午前七時）で久慈屋に顔出しするのも少し早かった。そこで徹夜の疲れを癒すために加賀湯に立ち寄り、その足で久慈屋を訪ねた。

「また雪にございますな」

と大番頭の観右衛門が小籐次を見て挨拶し、

「ちょうど使いを立てようと思っていたところにございます」

と店奥の小座敷に招いた。

「なんぞ御用にござるか」

「大番頭水野監物様のお悩みが多少なりとも分りました。同輩の岡部長貴様の酒癖の悪さと、その魂胆に悩まされておられます」

と前置きして、大番頭の寄り合いでの騒ぎを告げた。

おしんが話してくれたのとほぼ同じ内容だった。

「おや、赤目様はすでにご存じのようですな」

「大番頭どの、昨夜おしんが知らせてくれました」

「それはそれは」

と言った観右衛門が、

「大番頭の寄り合いの話をいとも簡単に調べ上げられるおしん様とは、いったい何者にございますな」

とこちらに興味を抱いた。

こと此処《ここ》に至れば観右衛門には正直に告げるしかない。

小籐次は、柳沢峠での出会いから甲州千ヶ淵の遊び里の騒ぎまでを語り聞かせた。

「なんと赤目様は、甲府勤番支配長倉実高様の改易切腹の騒ぎに関わっておられましたか」

「おしんの手伝いを少々なしただけにござる」

「おしん様は老中青山様の女密偵にございますか。甲州金が幕府の御金蔵に運び込まれたわけだ」

「さよう」

「ならば話は早いはず」

と納得した観右衛門が、

「水野家の奥方登季様が、高家品川泰継様息女ということもご存じですな」

「おりょう様から聞き及んだ」

「此度の騒ぎ、品川家でも心配しておられます」

「であろうな」

観右衛門はその辺りから調べたか。

「おしん様は、おりょう様の出自を話していかれましたか」

「いや、それはなにも」

「ならば、お話し申し上げます」

「おりょう様も騒ぎに関わりがござるのか」

「その判断は赤目様がなされませ」

「聞こう」

「おりょう様は御歌学者北村季吟《きぎん》様の血筋にて、分家北村舜藍《しゅんらん》様ご息女にございます。本家の当代季文様のお体が弱く、折にふれての御目見《おめみえ》には、おりょう様の父親舜藍様が代役をなさるとか」

若年寄支配の御歌学方《かがくかた》は歌道を掌《つかさど》る役目で、代々北村家が世襲してきた。その禄高は五百石、柳の間詰だ。

「分家の暮らしは、おそらく歌を教えて立てていられるのでございましょう。質素なもので、そう裕福とは思いません。ですが、この北村の分家には、家康様より拝領の短刀、黒漆藤花蒔絵《まきえ》合口《あいくち》拵えの粟田口吉光《あわたぐちよしみつ》が家宝として伝えられているそうにございます。その昔、手ずから下されたものです」

「大番頭どの、岡部はこの短刀を狙うておると申されるか」

「そこまではっきりした確証はございません。ですが、大久保様が家康様の箱書き付きの短刀にご執心とか。ひょっとしたらひょっとしますぞ」

「相分った」

「どうなさいますな」

「おりょう様に書状を送り、ちと仕掛けをしてござる。その用意が整うには、あと二日三日はかかろう。本日はこちらにて仕事をさせて下され」

「お願い申します」

と答えた観右衛門が、

「おしん様が老中青山様の女密偵とは、さすがの私も推測がつきませんでした。赤目様のご身辺はなんと賑やかなことで」

と呆れ顔で呟いた。

まだ消え残った雪の上に新たな雪が積もり、江戸の町は人通りも絶え、ひっそりと死んだような様相を呈していた。

小籐次はこの日一日久慈屋で仕事をして、夕餉を馳走になって長屋に戻った。

そして、その翌朝、版木職人の勝五郎は寝床の中で小籐次が出かける物音を聞いた。

「今朝はえらく早く仕事に出ていったな」

だが、起きてみると、商売に出かけるときに使う小舟は長屋の石垣の杭に繋がれたまま残っていた。

「おや、仕事ではねえのかい」

勝五郎は、ようやく止んだ雪を被った小舟に目をやった。

今里村の水野監物の下屋敷では、それまで見かけなかった老庭番がせっせと雪掻きをしていた。

泉水の周りでは、雀がちゅんちゅんと雪の下の餌を探して群れていた。

その数、十数羽か。

五つ（午前八時）過ぎ、下屋敷で静養していた主の監物が目を覚まし、おりょうが日当たりのよい廊下に洗顔の仕度を整えた。

庭をおおった雪に眩しいばかりの光が当たり、新しく雇われた庭番が松の枝に降り積もった雪をせっせと落としていた。

「おりょう。大久保様、岡部様をはじめ、同役十一人をこの屋敷に呼んで大事ないかのう」

おりょうに説得されて、過日の手打ち式は我が屋敷で執り行いたしという内容の書状を十一人に書き送っていた。だが、一晩寝てみるとそのことが不安になった水野監物だった。

「ご心配いりませぬ、殿様」

「そなたが頼りに致す武芸者は、いつ参るな」

「すでにおいでにございます」

「なにっ、もう到着致しておるとな」

「殿様。ほれ、あそこに」

おりょうが、庭木から雪を落とす矮軀の年寄りを指差した。

「あの者が練達の武芸者と申すか」

監物の顔色がさあっと変わった。

「殿様、おりょうが騙《かた》ったと思し召しですか」

「そ、そうではないが……」

主従の会話に気付いたように庭番がこちらを向いて腰を屈め、無言の裡《うち》に挨拶した。

おりょうが頷き返した。

「殿様、雀が騒がしゅうございますね」

おりょうの突然の言葉に、監物がなにを言い出したかとおりょうの顔を見た。

その視線は庭番と群れ遊ぶ雀たちに注がれていた。

その瞬間、
うっ
と押し殺した気合が庭番の口から発せられ、庭の雪の上で餌を探していた雀たちが、
ころり
と倒れて気を失った。
庭番は寸毫も動かず、気合だけで十数羽の雀の意識を失わせていた。
「なんだな、あれは」
と監物が訝しく思ったとき、再び庭番の口から気合が洩れて、雀たちが、
ひょい
と雪上に立ち上がり、何事もなかったように遊び始めた。
「手妻《てづま》か」
「いえ、手妻などではございません。あのお方は武術の達人にございます。おりようを信じてその日をお待ち下さい」
監物は、ただ気圧《けお》されたように頷いていた。

指定された日時に、十一家の大番頭の行列が次々に今里村の水野監物の下屋敷に入った。

中でも岡部長貴の供揃えは武辺の者ばかりで固められ、なんぞ仕掛けがあれば一戦も辞さずの様相を見せていた。

だが、屋敷内にどこといってそのような気配は見られず、玄関先に亭主自ら出迎えた水野監物は丁重にも、

「岡部様、お呼び立てして相すみませぬ。ささっ、奥へとお通り下され」

と宴席に案内していこうとした。

その様子に岡部は、

(こやつ、怯えおって。このわしのご機嫌を取り結ぼうという魂胆か)

と腹心の馬渕権平邦緒を伴い、奥座敷に通った。残された供たちには別室が与えられ、茶菓が用意されていた。

廊下を進む岡部の目に、手入れの行き届いた庭が見え、

(わが家もこのような下屋敷が欲しいものよ)

と腹の中で、なんとかこの屋敷を手に入れられぬものかと考えた。

庭には降り積もった雪が白砂を撒いたように広がっていた。

「岡部様、もはやお歴々はお揃いにございます」

「なにっ、それがしが最後か」

大番頭十人が書院に顔を揃え、供たちには控え座敷が設けられてあった。

まだ膳も出ていない上座にどっかと岡部長貴が座り、末座に回った監物が挨拶を始めた。

「未だ雪が残る中、今里村までようお出かけ頂き恐悦至極にございます。本日は酒と粗餐《そさん》を用意致しましたゆえ、無礼講にて日頃の鬱懐なんぞを腹蔵なくお話し下され」

ううむ
と岡部が大久保の顔を見て、

「趣旨が違うわ」

と怒鳴ろうとした。だが、それを大久保が止め、

「亭主がなにを考えておるか確かめてからでも遅くはないぞ」

と耳元に囁いた。

「いかにも」

「まずは酒を運ばせます」

監物の合図に、おりょうを先頭に水野家選《え》りすぐりのお女中衆が酒器と器を運んできた。

おりょうは上座の大久保と岡部に、

「ふつつか者の酌でございますが、お許し下さりませ」

と銚子を差し出した。

大久保と岡部はおりょうの﨟《ろう》たけた美貌にしばし呆然と見惚《みと》れた。

「ささっ、お一つ」

と促された大久保が、

「そなた、御歌学者北村どのの姪御だな」

と馬脚を現して聞いた。

「はい。伯父が当代北村季文にございます」

「噂どおりの、いや、噂以上の美形かな」

酌をしてもらった大久保と岡部が満足げに飲み干し、

「今、膳部をお持ち致します」

とおりょうが下がった。

運ばれてきた膳の上を見た岡部の形相が変わった。

膳の上には一汁一菜、まるで禅寺の食膳のようであった。

「水野監物。おのれ、われら大番頭の接待をなんと心得る！」

岡部の破《わ》れ鐘のような怒鳴り声が響き渡った。

一座が恐怖に打ち震え、緊迫した。

「どこぞご不満か」

監物の声はあくまで長閑《のどか》であった。すべて座敷の一角に控えるおりょうの指示どおり、いや、赤目小籐次が書状で書き送ったとおりに監物は動いていた。

「節約に励み、非常時に備えるは兵家の常にござる。椀は鯛の潮汁《うしおじる》、一菜は当家自慢の古漬け、酒は伏見の下り酒……」

「おのれ、返す返すも愚弄《ぐろう》しおって！」

岡部長貴の前の膳が持ち上げられ、座敷の真ん中に投げ捨てられた。

「岡部どの。当家の接待がお気に召さぬようじゃな」

「おのれ、抜け抜けと。かくなる上は手打ちもなにもあるものか。勝負致せ！」

と叫んで立ち上がった岡部は、隣室に控える馬渕権平に、

「馬渕、余の剣を持て！」

と喚いた。

「岡部どの、お静かになされ。われら直参旗本が相戦えば、水野、岡部の両家は改易、生き残った者も切腹の沙汰、また同座の朋輩衆にも迷惑が掛かるは必定にござろう。なにより、君側に仕える者が私闘の果てに犬死にしたとあっては、武士の面目が立ち申さぬ。岡部どの、代理をお立てなされ。そなた自慢の剣者と、それがしの代理の者との白黒をつける試合で、事の決着を図ろうではござらぬか」

「よう、言うた。水野監物」

と監物の策に乗った岡部が、

「馬渕、水野の代理の者を叩きのめせ！」

と喚くと、すでに廊下に出ていた巨漢の無外流達人馬渕権平邦緒が主の剣を足元に置き、雪の庭へと飛んだ。

「ちとおもしろき趣向になった。ただの勝負ではおもしろうないからの」

と言い出した岡部は、

「水野監物、そなたの代理が負けたあかつきには、主のそなたは大番頭を退け。さらにはこの屋敷、そこな女中、わしがもらった！」

と、座敷の片隅に控えていたおりょうを差した。

「岡部長貴、とうとう尻尾を出しおったな。そなた、それが最初からの狙いか」

と応じた監物が、

「大事な奉公人をそなたのような腹黒き者に渡されようか。じゃが、それがしの代理の者が万々敗北致したとき、水野監物は大番頭を辞職致す」

「よし、そなたの代理を呼べ！」

監物が頷くと、

「皆様方、岡部長貴どのの無理強いに、かような結果となり申した。じゃが、双方の代理の者の試合は尋常の勝負にござる。そう心得られよ」

と堂々と宣告すると、庭の一角を振り返った。

枝折戸《しおりど》が、
ぎいっ
と開いて、六尺余の竹箒を杖のように突いた老武芸者が姿を見せた。

「あの者がそなたの代理の剣士か、笑止なり！」

岡部が叫んだが、もはや監物は答えず、一座の目は巨漢の武芸者と竹箒を手にした矮軀の老武芸者の対決を注視していた。

「無外流馬渕権平邦緒」

と巨漢が呟くように宣告すると、対決者は、

「当家の庭番にござる」

と竹箒を逆さに構えた。

「なんと、名も名乗れぬ庭番風情が、この馬渕の相手か」

と蔑むように吐き捨てた。

「いかにも」

老武芸者がすいっと竹箒を構え、それを見た馬渕がさすがに、

「只者ではない」

と感じて腰の豪剣を抜き、正眼にぴたりと構え合った。

間合いは四間。

小籐次が雪の上を滑るように詰めて二間、さらに前進して一間となった。

竹箒が馬渕の喉元を狙った。

馬渕はその瞬間、今まで感じたことのない息苦しさに襲われていた。

矮軀の老武芸者がおのれに倍する巨人のように感じられ、息が荒く弾んだ。

睨み合い数瞬、

「なにを致しておる、馬渕！」

座敷から廊下に出ていた岡部が叱咤《しった》した直後、
すいっ
と老武芸者の竹箒が相手を釣り出すように前後に動かされ、馬渕が正眼の剣を胸元に引き付けて、突進した。
一旦引かれた竹箒が、突進してくる馬渕の喉元に向って再び突き出されるや、馬渕の剣が竹箒を弾いて、二撃目の連続技で仕留めようとした。
が、竹箒はそれを弾こうとする豪剣の寸余の間隙を衝いて喉元に伸び、
ぱあっ
と喉笛を突き破っていた。
見事な竿突きだ。
血飛沫が舞い、白い雪を真っ赤に染めた。
武芸者馬渕権平は剣を翳したまま、ゆらゆらと巨体を揺らして立っていたが、ゆっくりとその体勢が崩れ、
どさり
と、己の血の上に覆い被さるように斃れた。
一瞬、森閑とした静寂が水野邸を包んだ。

老武芸者が勝負の場から下がり、一礼した。

「おのれ、待て！」

叫び声を響かせて岡部が廊下から雪の上に飛び降り、廊下に置かれた己の差し料の鞘を払うと上段に振り被り、老武芸者に襲いかかった。

再び竹箒が、脇差を握った右の上腕部に突き出された。

血迷った岡部には来島水軍流の竿突きの怖さも目に入らなかった。

ぼきり
と骨が砕ける不気味な音が響いて、岡部の体が両の足を上げて虚空に仰向けに浮き、雪上に落下して悶絶した。

老武芸者の口からこの言葉が洩れた。

「岡部どの、そなたの右腕はもはや生涯使えぬ。幕府武官の頭領、大番頭の大役は務まらぬと知れ」

小籐次が枝折戸に合図をすると、戸板を持った水野家の中間たちが、気絶した岡部の体を運び出さんと姿を見せた。

「先任大番頭大久保様、一座の皆様方、座興にございます。よろしいな」

押し殺した水野監物の言葉を、大久保はただがくがくと頷き、聞いた。

半刻（一時間）後、水野監物の下屋敷から、八百膳の豪華な折詰を持たされた十人の大番頭の一行が姿を消し、負傷した岡部と馬渕の亡骸《なきがら》を運ぶ葬列のような供揃えが、蹌踉《そうろう》と間を置いて出ていった。

すでに勝負の場に流された血の痕跡は、余所から運ばれてきた雪で隠されていた。

がらんとした座敷に、主の監物とおりょうの姿だけがあった。

「おりょう、面目が保てたぞ」

「殿様、堂々としたお振る舞いにございました」

照れたような笑みを浮かべた監物が、

「あの老武芸者はおりょうの知り合いか」

「はい。私がこの屋敷に奉公に上がった十六の折からの知り合いにございます」

「なにっ、そのように古き付き合いとな。名はなんと申される」

「赤目小籐次様にございます」

しばし監物は、

（まさかそんなことが……）

と戸惑い、

「大名四家を向こうに回して戦われた御鎧拝借の勇者ではあるまいな」

とおりょうに聞いた。

「殿様。いかにも、小金井橋十三人斬りの酔いどれ小籐次様にございます」

「なんと」

と絶句した監物が、

「それがしは一時《いっとき》とは申せ、武勇の庭番を召し抱えたものよ」

と呟いた。

そのとき、赤目小籐次は芝伊《い》皿子《さらご》坂を弔いのような岡部家の行列の後に従っていたが、

(もはや戦う意欲の持ち主など、だれ一人としておらぬわ)

と戦意を喪失した一団と見極めをつけた。すると胸の中に、

(おりょう様のために働いた)

という気持ちがじんわりと湧き起こって、小さな五体を熱く燃えさせた。そして、脳裏に、

「寄残花恋《のこりはなよするこい》」の言葉が浮かんだ。

巻末付録

甘露を求めて～甲州路を往く

文春文庫・小籐次編集班

赤目小籐次といえば、〝酔いどれ〟である。

酒である。

何せシリーズ第一巻『御鑓拝借』は、柳橋の万八楼で催された大酒の会で一斗五升飲んだ小籐次が、二日二晩墓地で寝込み、主君・久留島通嘉の国元への出立を見送りそこなった顛末から始まる。

だから本作『寄残花恋』の冒頭、肥前小城藩・能見一族十三人の刺客との小金井橋での死闘を制し、無数の刀傷を負ってどこぞの破れ寺の床下に転がり込み、ようやく意識が戻ってまず欲したのも、酒だ。

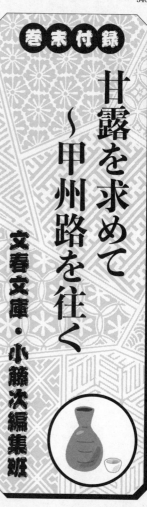

満身創痍で肩は痛み、腰にも足にも力が入らず、手近にあった竹で杖を作ってそれに縋るように歩いていたにもかかわらず、だ。

村の辻に何軒かの店が軒を連ね、その一軒から、

ぷーん

と酒の香が漂ってきた。

小籐次はふらふらと店の中に入っていった。（本文より）

誘蛾灯に近寄っていかずにいられない虫のようではないか、小籐次は。

けれど、その酒を前にしたときの小籐次はこの上なく幸せそうだ。

杖に身を預けた小籐次は両手で枡酒（編集部注・一升枡です）を受け取り、

「わしのなによりの薬でな」

と呟くと、くんくん匂いを嗅ぎ、香りを慈しむように愛でた。そして、ゆっくりと枡の角に口を付け、

ごくりごくり

と喉を鳴らして一気に飲み干した。

ふーう
と息を吐いた小籐次が、

「甘露甘露、もう一献頂こう」

と空の枡を差し出した。

美味そうではないか。本人は「酒が薬」と言っているが、薬をこんなに美味そうには飲まないだろう、ふつう。

これを皮切りに、本作中で小籐次の飲むこと、飲むこと。数えると、驚くなかれ、じつに十五もの場面で小籐次は飲んでいた。小金井橋の死闘のあとも、襲い来る刺客やならず者たちをばっさばっさと斬りつづける小籐次だが、時間にすると飲んでいる時間の方が長い。たぶん。

「酒を前にしたときの赤目様は、まるで赤子がおっぱいを前にしたときのようですよ。もう一瞬たりとも我慢がならぬという顔をしておられます」

知り合って間もない女密偵のおしんに、こういわれる始末なのだった。

閑話休題。

前回、文春文庫・小籐次編集班は、小籐次の跡をたどるように新兵衛長屋（現在の新橋駅付近）から小金井橋までを踏破した。その続きとなると、今回は小金井橋から甲府へと向かうことになる。

それでいいのか。

一度のことなら、都会住まいの四十男が自発的に三十キロ近くひたすら歩くことも物珍しく映ったが、同じことを繰り返していてはダメだ。では四十女の筆者はどう対抗するか。酒だ。

小籐次は、甲府勤番支配の不正を探ろうとするおしんに同道するが、途中、甲州街道台ケ原宿の本陣北原家に立ち寄る。北原家は造り酒屋だ。

「通りがかりの者だが、ご自慢の酒を一升枡で飲ませてもらえぬか」（中略）

「旅の方、甲斐国では『甲金や三升枡に四角箸』と申しまして、一升枡とは三升入りの枡にございます」

「構わぬ」（中略）

番頭は小籐次が本気と見て、手代に合図した。

酒樽の栓が抜かれ、薄暮の店に酒の香がさらに濃く漂った。甲州枡になみなみと酒が盛り上がり、黄昏の光を映していた。

これだ。

じつはこの造り酒屋、平成の世でもしっかり商売を続けているのだ。「七賢《しちけん》」と命名された酒を造り続けるこちら、現在の社名を山梨銘醸株式会社という。

今回の目的は決まった。小籐次が堪能したこの酒を、われら編集班も頂戴するのだ――三升枡で！（え？）

天気予報が最高気温二十度超えを予想した、三月のある平日の朝、新宿駅。通勤客でごったがえすホームに立つ。

小籐次は、小金井橋から甲府まで歩きとおした。途中、湯治という素敵な特典もあったが、満身創痍の身で標高一四七二メートルの柳沢峠越えだ。超人である。

凡人の筆者は、特急あずさに乗せていただく。いまは二十一世紀なのだ。

甲府で普通列車に乗り換えて新宿からおよそ二時間半。中央本線の長坂駅に降りたつ。ここからはタクシーだ。行き先は「山梨銘醸株式会社」だが、地元の人たちは「七賢さん」と呼ぶ。駅から車で十五分。カーブが続くけっこうな山道を上って、下る。駅からの道のりだけでも歩こうなどという気を起こさなくて良かった。そして到着。

旧甲州街道に面した、〈七賢〉の正面玄関。堂々の構えだ

なまこ壁ふうの塀に、櫓《やぐら》が組まれ、「七賢」と書かれた樽が飾られている。おお〜。が、思ったほど風情はない（後でわかったがこちらは正面口ではなかった）。駐車場スペースを抜けて奥に進むと、なんとなく甘い香りがする。う〜ん、これはまさしく酒の香だ。小籐次のように鼻をくんくんさせてしまう。

　山梨銘醸株式会社は寛延三年（一七五〇）の創業というから、二百六十年以上この地で造り続けていることになる。元は信州高遠《たかとお》で代々酒造りをしていた北原家の七代目、北原伊兵衛光義が分家して起こした。現在の当主はそれから数えて十二代目だそうだ。

　初代は高遠から江戸に出向く折り、台ケ原宿に泊まり、甲州街道に面し大名が参勤交代の際に通行するという地の利と、何より水にほれ込んで、この地での酒造りを決めたという。

確かに、ここの現住所は北杜《ほくと》市白州《はくしゅう》町台ケ原。白州といえば、ウイスキーの蒸留所もあるではないか。南アルプス甲斐駒ケ岳の伏流水が、七賢の仕込水だ。酒蔵の近くを流れる尾白《おじら》川は、日本の名水百選に選ばれている。「名水地に銘酒あり」だ。

〈七賢〉の名が使われるようになったのは、五代目の頃。母屋新築の際に、かねて御用を勤めていた高遠城主内藤駿河守から「竹林の七賢人」の欄間を頂戴し、それから酒名を取った。

ちなみに「竹林の七賢人」とは、中国・魏の時代に、俗世を離れ酒を好み、竹林で清談していた七人の賢人のこと。七人の名は、山濤《さんとう》、王戎《おうじゅう》、阮咸《げんかん》、嵇康《けいこう》、劉伶《りゅうれい》、向秀《しょうしゅう》、阮籍《げんせき》。それぞれの名を取った生酒が「竹林の七賢シリーズ」として商品化されている。

さて、この日は年に一度の〈七賢酒蔵開放〉期間中なので、受付に進む。といっても、酒蔵見学だけなら無料。でも利き酒が目的なので利き酒料一〇〇〇円也を支払うと、お猪口とお土産の生酒のボトルと利き酒に使うチケット五枚を渡される。いざ利き酒、とはやる気持ちを抑えて、まずは敷地内の全体像を摑もうと案内図片手にうろうろする。

酒造りの心臓部である醸造蔵「誠和蔵」は鉄筋の建物で外観はいまひとつ雰囲気に欠けるが、自慢の水がいまも滾々《こんこん》と湧く井戸、大吟醸古酒を貯蔵管理している「文化蔵」はいかにも造り酒屋っぽく、また六代目の時代に明治天皇がお泊まりになったという母屋の奥座敷「行在所《あんざいしょ》」は史跡に指定されていて、創業二百六十年余の重みを感じる。

そしてタクシーで乗り付けた東門からはいちばん奥まったところが、正面入口だった。

こちらは旧甲州街道に面しており、さすがの構えをしている。はす向かいに甲州銘菓・信玄餅の「金精軒」があるくらいで商店や土産物屋は見当たらないのだが、その昔は旅籠だったという建物がそのまま民家になっていたりして、観光地化していないところにかえって風情が感じられる。

小籐次の生きていた時代、高遠や飯田の殿様は参勤交代でここを通ったのか……。

そしていよいよ利き酒である。

会場の「慶応蔵」はそれなりに広いが、空気中にアルコール分が漂っているのがわかるくらい、熱気ならぬ酒気に満ちている。こちらが販売している商品すべてを飲めるらしい。ただし指定された高級酒は、お猪口一杯につきチケットが一枚必要だ。

まずは商品解説をざっと見る。その数二十四。ありゃりゃ、これはもう端から順に飲んでいくしかない。

だが、ここで重要なことに気付く。今回のミッションは、小籐次と同じようにこちらのお酒を頂戴することだ。——それには甲州枡でなければならない。利き酒用に渡されたちっちゃなお猪口は、普通に注いでせいぜい大匙二杯分——三〇ccくらいだ。甲州枡の容量は三升、つまり五・四リットル……。

いやいや、ここで臆していてはいけない。法被《はっぴ》を着た社員らしき人に尋ねる。

「甲州枡は置いてないんですか」

「?」

「いや、ほら、甲州は武田信玄の時代から特別な大きな枡を使ってたっていう……」

「??」

徳川の治世になっても使用を許されていたという甲州枡。平成の世にはもはや存在しないようだ。……助かった。

気を取り直して、いざ、利き酒スタート!

1番から順に辿る。まずは、年に一度のこの酒蔵開放期間中しか販売しないという無濾過生原酒「蔵出し」から。

むむ。これを「馥郁たる香り」というのだろうか。口に含んだ瞬間から、ふわっとかぐわしい香りが鼻に抜ける。だが筆者の好みからすると、ちと甘みが残るか。

本醸造、純米に吟醸、さらには純米吟醸、純米大吟醸。あるいは生酒、あ、発泡もある。とにかく端から飲む。一口飲んで自分好みと思ったものはチェックするが、二十種以上あるのだ、まずは細かいことは確認しない。

そしてひとつの酒を飲むごとに、口とお猪口を漱ぐために仕込水をほんの少し飲む。う～ん、自慢の水も美味い。きりっとして、味覚がリセットされる。お酒と一緒に、地元メーカーの煮貝やソーセージも出店しているので、そちらの試食も間に挟む。

ふ〜う。

まずは一巡した。気に入った数種を確認すると、さすがにチケットが必要な高級酒が複数あるが、逆にもっともお得な本醸造も選んでいたりする。

高級酒担当の社員さんにそう伝えると、

「そのお酒は、昔っからうちで一番人気なんです。毎日飲んでも飽きない、どんな食事にも合う、お値段も気にならない。高ければいいっていうわけじゃないんですよね」

ああ、なるほど。それ、大事だ。

それにしても、小籐次が堪能した酒はどんなものだったのだろう。ふたたび社員さんに尋ねる。

「江戸時代のお酒って、いまのお酒に比べてどんな味だったのでしょう」

「いまはどんどんお米は磨いて、余計なものは入れないで、ってなっているけど、当時はもっといろんなものも入ってるでしょうから……。いわゆる雑味っていうんですか、そういうのがあったんでしょうねぇ」

社員さんと一緒に、その当時を想って遠い眼になる。

昔を想いながら、気に入った銘柄に絞ってもう一巡めぐる。

う〜む、なんだかどれを飲んでも違いがよくわからなくなってくる。そういえば、小籐次はこのあとどこへ向かったのだっけ……？

まぁ、いいか。小籐次も最後は新兵衛長屋に帰ったのだ。そろそろお暇して、筆者もお江戸に戻ろう。特急あずさで、内藤新宿まで。

ふぅ～。なんとも甘露かな、甲州の酒。

本書は『酔いどれ小籐次留書　寄残花恋』（二〇〇五年二月　幻冬舎文庫刊）に
著者が加筆修正を施した「決定版」です。

DTP制作・ジェイ エスキューブ

文春文庫

寄残花恋《のこりはなよするこい》
酔《よ》いどれ小籐次《ことうじ》（三）決定版《けつていばん》

定価はカバーに表示してあります

2016年5月10日　第1刷

著　者　佐伯《さえき》泰英《やすひで》
発行者　飯窪成幸
発行所　株式会社 文藝春秋

東京都千代田区紀尾井町 3-23　〒102-8008
TEL 03・3265・1211
文藝春秋ホームページ　http://www.bunshun.co.jp

落丁、乱丁本は、お手数ですが小社製作部宛お送り下さい。送料小社負担でお取替致します。

印刷・凸版印刷　製本・加藤製本
Printed in Japan
ISBN978-4-16-790607-8

佐伯泰英
文庫時代小説
全作品チェックリスト

2016年5月現在
監修／佐伯泰英事務所

掲載順はシリーズ名の五十音順です。品切れの際はご容赦ください。
どこまで読んだか、チェック用にどうぞご活用ください。
キリトリ線で切り離すと、書店に持っていくにも便利です。

佐伯泰英事務所公式ウェブサイト「佐伯文庫」 http://www.saeki-bunko.jp/

キリトリ線

居眠り磐音 江戸双紙

いねむりいわね えどぞうし

双葉文庫

- □①陽炎ノ辻 かげろうのつじ
- □②寒雷ノ坂 かんらいのさか
- □③花芒ノ海 はなすすきのうみ
- □④雪華ノ里 せっかのさと
- □⑤龍天ノ門 りゅうてんのもん
- □⑥雨降ノ山 あふりのやま
- □⑦狐火ノ杜 きつねびのもり
- □⑧朔風ノ岸 さくふうのきし
- □⑨遠霞ノ峠 えんかのとうげ
- □⑩朝虹ノ島 あさにじのしま
- □⑪無月ノ橋 むげつのはし
- □⑫探梅ノ家 たんばいのいえ
- □⑬残花ノ庭 ざんかのにわ
- □⑭夏燕ノ道 なつつばめのみち
- □⑮驟雨ノ町 しゅううのまち
- □⑯螢火ノ宿 ほたるびのしゅく
- □⑰紅椿ノ谷 べにつばきのたに
- □⑱捨雛ノ川 すてびなのかわ
- □⑲梅雨ノ蝶 ばいうのちょう
- □⑳野分ノ灘 のわきのなだ
- □㉑鯖雲ノ城 さばぐものしろ
- □㉒荒海ノ津 あらうみのつ
- □㉓万両ノ雪 まんりょうのゆき
- □㉔朧夜ノ桜 ろうやのさくら
- □㉕白桐ノ夢 しろぎりのゆめ
- □㉖紅花ノ邨 べにばなのむら
- □㉗石榴ノ蠅 ざくろのはえ
- □㉘照葉ノ露 てりはのつゆ
- □㉙冬桜ノ雀 ふゆざくらのすずめ
- □㉚侘助ノ白 わびすけのしろ
- □㉛更衣ノ鷹 きさらぎのたか **上**
- □㉜更衣ノ鷹 きさらぎのたか **下**
- □㉝孤愁ノ春 こしゅうのはる
- □㉞尾張ノ夏 おわりのなつ
- □㉟姥捨ノ郷 うばすてのさと
- □㊱紀伊ノ変 きいのへん
- □㊲一矢ノ秋 いっしのとき
- □㊳東雲ノ空 しののめのそら
- □㊴秋思ノ人 しゅうしのひと
- □㊵春霞ノ乱 はるがすみのらん
- □㊶散華ノ刻 さんげのとき
- □㊷木槿ノ賦 むくげのふ
- □㊸徒然ノ冬 つれづれのふゆ
- □㊹湯島ノ罠 ゆしまのわな
- □㊺空蟬ノ念 うつせみのねん
- □㊻弓張ノ月 ゆみはりのつき
- □㊼失意ノ方 しついのかた
- □㊽白鶴ノ紅 はっかくのくれない
- □㊾意次ノ妄 おきつぐのもう
- □㊿竹屋ノ渡 たけやのわたし
- □51旅立ノ朝 たびだちのあした

【シリーズ完結】

キリトリ線

キリトリ線

□ シリーズガイドブック **「居眠り磐音 江戸双紙」読本**（特別書き下ろし小説・シリーズ番外編「跡継ぎ」収録）

□ 居眠り磐音 江戸双紙 帰着準備号 **橋の上** はしのうえ（特別収録「著者メッセージ&インタビュー」「磐音が歩いた『江戸』案内」「年表」）

□ 吉田版 **「居眠り磐音」江戸地図** 磐音が歩いた江戸の町（文庫サイズ箱入り）超特大地図＝縦75cm×横80cm

鎌倉河岸捕物控 かまくらがしとりものひかえ　ハルキ文庫

□ ① **橘花の仇** きっかのあだ
□ ② **政次、奔る** せいじ、はしる
□ ③ **御金座破り** ごきんざやぶり
□ ④ **暴れ彦四郎** あばれひこしろう
□ ⑤ **古町殺し** こまちごろし
□ ⑥ **引札屋おもん** ひきふだやおもん
□ ⑦ **下駄貫の死** げたかんのし
□ ⑧ **銀のなえし** ぎんのなえし
□ ⑨ **道場破り** どうじょうやぶり
□ ⑩ **埋みの棘** うずみのとげ
□ ⑪ **代がわり** だいがわり
□ ⑫ **冬の蜉蝣** ふゆのかげろう
□ ⑬ **独り祝言** ひとりしゅうげん
□ ⑭ **隠居宗五郎** いんきょそうごろう
□ ⑮ **夢の夢** ゆめのゆめ
□ ⑯ **八丁堀の火事** はっちょうぼりのかじ
□ ⑰ **紫房の十手** むらさきぶさのじって
□ ⑱ **熱海湯けむり** あたみゆけむり
□ ⑲ **針いっぽん** はりいっぽん
□ ⑳ **宝引きさわぎ** ほうびきさわぎ
□ ㉑ **春の珍事** はるのちんじ
□ ㉒ **よっ、十一代目！** よっ、じゅういちだいめ
□ ㉓ **うぶすな参り** うぶすなまいり
□ ㉔ **後見の月** うしろみのつき
□ ㉕ **新友禅の謎** しんゆうぜんのなぞ
□ ㉖ **閉門謹慎** へいもんきんしん
□ ㉗ **店仕舞い** みせじまい
□ ㉘ **吉原詣で** よしわらもうで

□シリーズガイドブック「鎌倉河岸捕物控」読本（特別書き下ろし小説・シリーズ番外編「寛政元年の水遊び」収録）

□シリーズ副読本 鎌倉河岸捕物控 街歩き読本

シリーズ外作品 ハルキ文庫

□異風者 いひゅもん

交代寄合伊那衆異聞 こうたいよりあいいなしゅういぶん 講談社文庫

□①変化 へんげ
□②雷鳴 らいめい
□③風雲 ふううん
□④邪宗 じゃしゅう
□⑤阿片 あへん
□⑥攘夷 じょうい
□⑦上海 しゃんはい
□⑧黙契 もっけい
□⑨御暇 おいとま
□⑩難航 なんこう
□⑪海戦 かいせん
□⑫謁見 えっけん
□⑬交易 こうえき
□⑭朝廷 ちょうてい
□⑮混沌 こんとん
□⑯断絶 だんぜつ
□⑰散斬 ざんぎり
□⑱再会 さいかい
□⑲茶葉 ちゃば
□⑳開港 かいこう
□㉑暗殺 あんさつ
□㉒血脈 けつみゃく
□㉓飛躍 ひやく
【シリーズ完結】

長崎絵師通吏辰次郎 ながさきえしとおりしんじろう ハルキ文庫

□①悲愁の剣 ひしゅうのけん
□②白虎の剣 びゃっこのけん

キリトリ線

キリトリ線

夏目影二郎始末旅　なつめえいじろうしまつたび　光文社文庫

□①**八州狩り**　はっしゅうがり
□②**代官狩り**　だいかんがり
□③**破牢狩り**　はろうがり
□④**妖怪狩り**　ようかいがり
□⑤**百鬼狩り**　ひゃっきがり
□⑥**下忍狩り**　げにんがり
□⑦**五家狩り**　ごけがり
□⑧**鉄砲狩り**　てっぽうがり
□⑨**奸臣狩り**　かんしんがり
□⑩**役者狩り**　やくしゃがり
□⑪**秋帆狩り**　しゅうはんがり
□⑫**鵺女狩り**　ぬえめがり
□⑬**忠治狩り**　ちゅうじがり
□⑭**奨金狩り**　しょうきんがり
□⑮**神君狩り**　しんくんがり

【シリーズ完結】

□シリーズガイドブック **夏目影二郎「狩り」読本**（特別書き下ろし小説・シリーズ番外編「位の桃井に鬼が棲む」収録）

秘剣　ひけん　祥伝社文庫

□①**秘剣雪割り**　悪松・棄郷編　ひけんゆきわり　わるまつ・ききょうへん
□②**秘剣瀑流返し**　悪松・対決「鎌鼬」　ひけんばくりゅうがえし　わるまつ・たいけつかまいたち
□③**秘剣乱舞**　悪松・百人斬り　ひけんらんぶ　わるまつ・ひゃくにんぎり
□④**秘剣孤座**　ひけんこざ
□⑤**秘剣流亡**　ひけんりゅうぼう

古着屋総兵衛初傳 ふるぎやそうべえしょでん

新潮文庫

- □光圀 みつくに （新潮文庫百年特別書き下ろし作品）

古着屋総兵衛影始末 ふるぎやそうべえかげしまつ

新潮文庫

- □①死闘 しとう
- □②異心 いしん
- □③抹殺 まっさつ
- □④停止 ちょうじ
- □⑤熱風 ねっぷう
- □⑥朱印 しゅいん
- □⑦雄飛 ゆうひ
- □⑧知略 ちりゃく
- □⑨難破 なんぱ
- □⑩交趾 こうち
- □⑪帰還 きかん

【シリーズ完結】

新・古着屋総兵衛 しん・ふるぎやそうべえ

新潮文庫

- □①血に非ず ちにあらず
- □②百年の呪い ひゃくねんののろい
- □③日光代参 にっこうだいさん
- □④南へ舵を みなみへかじを
- □⑤○に十の字 まるにじゅのじ
- □⑥転び者 ころびもん
- □⑦二都騒乱 にとそうらん
- □⑧安南から刺客 アンナンからしかく
- □⑨たそがれ歌麿 たそがれうたまろ
- □⑩異国の影 いこくのかげ
- □⑪八州探訪 はっしゅうたんぼう

キリトリ線

キリトリ線

密命 みつめい／完本密命 かんぽんみつめい　祥伝社文庫

※新装改訂版の「完本」を随時刊行中

□①完本 密命 見参！寒月霞斬り　けんざん かんげつかすみぎり
□②完本 密命 弦月三十二人斬り　げんげつさんじゅうににんぎり
□③完本 密命 残月無想斬り　ざんげつむそうぎり
□④完本 密命 刺客 斬月剣　しかく ざんげつけん
□⑤完本 密命 火頭 紅蓮剣　かとう ぐれんけん
□⑥完本 密命 兇刃 一期一殺　きょうじん いちごいっさつ
□⑦完本 密命 初陣 霜夜炎返し　ういじん そうやほむらがえし
□⑧完本 密命 悲恋 尾張柳生剣　ひれん おわりやぎゅうけん
□⑨完本 密命 極意 御庭番斬殺　ごくい おにわばんざんさつ
□⑩完本 密命 遺恨 影ノ剣　いこん かげのけん
□⑪完本 密命 残夢 熊野秘法剣　ざんむ くまのひほうけん
□⑫完本 密命 乱雲 傀儡剣合わせ鏡　らんうん くぐつけんあわせかがみ

【旧装版】

□⑬追善 死の舞　ついぜん しのまい

□⑭遠謀 血の絆　えんぼう ちのきずな
□⑮無刀 父子鷹　むとう おやこだか
□⑯烏鷺 飛鳥山黒白　うろ あすかやまこくびゃく
□⑰初心 闇参籠　しょしん やみさんろう
□⑱遺髪 加賀の変　いはつ かがのへん
□⑲意地 具足武者の怪　いじ ぐそくむしゃのかい
□⑳宣告 雪中行　せんこく せっちゅうこう
□㉑相剋 陸奥巴波　そうこく みちのくともえなみ
□㉒再生 恐山地吹雪　さいせい おそれざんじふぶき
□㉓仇敵 決戦前夜　きゅうてき けっせんぜんや
□㉔切羽 潰し合い中山道　せっぱ つぶしあいなかせんどう
□㉕覇者 上覧剣術大試合　はしゃ じょうらんけんじゅつおおじあい
□㉖晩節 終の一刀　ばんせつ ついのいっとう

【シリーズ完結】

□シリーズガイドブック「密命」読本（特別書き下ろし小説・シリーズ番外編「虚けの龍」収録）

小籐次青春抄 ことうじせいしゅんしょう　文春文庫

□品川の騒ぎ・野鍛冶 しながわのさわぎ　のかじ

酔いどれ小籐次 よいどれことうじ　文春文庫

□①御鑓拝借 おやりはいしゃく
□②意地に候 いじにそうろう
□③寄残花恋 のこりはなよするこい

〈決定版〉随時刊行予定

□④一首千両 ひとくびせんりょう
□⑤孫六兼元 まごろくかねもと
□⑥騒乱前夜 そうらんぜんや
□⑦子育て侍 こそだてざむらい
□⑧竜笛嫋々 りゅうてきじょうじょう
□⑨春雷道中 しゅんらいどうちゅう
□⑩薫風鯉幟 くんぷうこいのぼり
□⑪偽小籐次 にせことうじ
□⑫杜若艶姿 とじゃくあですがた
□⑬野分一過 のわきいっか
□⑭冬日淡々 ふゆびたんたん
□⑮新春歌会 しんしゅんうたかい
□⑯旧主再会 きゅうしゅさいかい
□⑰祝言日和 しゅうげんびより
□⑱政宗遺訓 まさむねいくん
□⑲状箱騒動 じょうばこそうどう

新・酔いどれ小籐次 しん・よいどれことうじ　文春文庫

□①神隠し かみかくし
□②願かけ がんかけ
□③桜吹雪 はなふぶき
□④姉と弟 あねとおとうと

キリトリ線

キリトリ線

吉原裏同心　よしわらうらどうしん

光文社文庫

□①流離　りゅうり　□⑦枕絵　まくらえ　□⑬布石　ふせき　□⑲未決　みけつ

□②足抜　あしぬき　□⑧炎上　えんじょう　□⑭決着　けっちゃく　□⑳髪結　かみゆい

□③見番　けんばん　□⑨仮宅　かりたく　□⑮愛憎　あいぞう　□㉑遺文　いぶん

□④清搔　すががき　□⑩沽券　こけん　□⑯仇討　あだうち　□㉒夢幻　むげん

□⑤初花　はつはな　□⑪異館　いかん　□⑰夜桜　よざくら　□㉓狐舞　きつねまい

□⑥遣手　やりて　□⑫再建　さいけん　□⑱無宿　むしゅく　□㉔始末　しまつ

□シリーズ副読本　佐伯泰英「吉原裏同心」読本

（　）内は解説者。品切の節はご容赦下さい。

おかげ横丁
井川香四郎
樽屋三四郎　言上帳
江戸の台所である日本橋の魚河岸に、移転話が持ち上がった。私欲の為に計画をゴリ押しする老中に、三四郎は反対の声をあげるが、関わる人物が次々と殺されて――。シリーズ第12弾。
い-79-12

狸の嫁入り
井川香四郎
樽屋三四郎　言上帳
桐油屋「橘屋」に届いた、行方知れずの跡取り息子・佐太郎の訃報。だが、とある絵草紙屋の男を死んだはずの佐太郎と疑う浪人が現れた。浪人の狙いは、果たして。シリーズ第13弾。
い-79-13

近松殺し
井川香四郎
樽屋三四郎　言上帳
身投げしようとした商家の手代を助けた謎の老人。百両ばかり入った財布を放り出して去ったこの男、どうやら近松門左衛門と浅からぬ因縁があるらしい――。シリーズ第14弾。
い-79-14

ちょっと徳右衛門
稲葉　稔
幕府役人事情
剣の腕は確か、上司の信頼も厚いのに、家族が最優先と言い切るマイホーム侍・徳右衛門。とはいえ、やっぱり出世も同僚の噂も気になって…新感覚の書き下ろし時代小説！
い-91-1

ありゃ徳右衛門
稲葉　稔
幕府役人事情
同僚の道ならぬ恋を心配し、若造に馬鹿にされ、妻は奥様同士のつきあいに不満を溜めている。リアリティ満載の新感覚時代小説！　家庭最優先の与力・徳右衛門シリーズ第二弾。
い-91-2

月は誰のもの
宇江佐真理
髪結い伊三次捕物余話
大人気の人情捕物シリーズが、文庫書き下ろしに！　江戸の大火で別れて暮らす、髪結いの伊三次と芸者のお文。どんな仲のよい夫婦にも、秘められた色恋や家族の物語があるのです……。
う-11-18

明日のことは知らず
宇江佐真理
髪結い伊三次捕物余話
伊与太が秘かに憧れて、絵にも描いていた女が死んだ。しかし葬式の直後、彼女の夫は別の女と遊んでいた……。江戸の人情を円熟の筆致で伝えてくれる大人気シリーズ第十二弾！
う-11-19

（　）内は解説者。品切の節はご容赦下さい。

井上ひさし
手鎖心中

材木問屋の若旦那、栄次郎は、絵草紙の人気作者になりたいと願うあまり馬鹿馬鹿しい騒ぎを起こし……歌舞伎化もされた直木賞受賞作。表題作ほか「江戸の夕立ち」を収録。（中村勘三郎）

い-3-28

井上ひさし
東慶寺花だより

離縁を望み決死の覚悟で鎌倉の「駆け込み寺」へ——女たちの事情、強さと家族の絆を軽やかに描いて胸に迫る涙と笑いの時代連作集。著者が十年をかけて紡いだ遺作。（長部日出雄）

い-3-32

池波正太郎
鬼平犯科帳　全二十四巻

火付盗賊改方長官として江戸の町を守る長谷川平蔵。盗賊たちを切捨御免、容赦なく成敗する一方で、素顔は人間味あふれる人情家。池波正太郎が生んだ不朽の〈江戸のハードボイルド〉。

い-4-52

池波正太郎
おれの足音
大石内蔵助（上下）

吉良邸討入りの戦いの合間に、妻の肉づいた下腹を想う内蔵助。剣術はまるで下手、女の尻ばかり追っていた〝昼あんどん〟の青年時代からの人間的側面を描いた長篇。（佐藤隆介）

い-4-93

池波正太郎
秘密

家老の子息を斬殺し、討手から身を隠して生きる片桐宗春。だが人の情けに触れ、医師として暮すうち、その心はある境地に達する——。最晩年の著者が描く時代物長篇。（里中哲彦）

い-4-95

岩井三四二
踊る陰陽師
山科《やましな》卿《きょう》醒《せい》笑《しょう》譚《たん》

貧乏公家・山科言継《ときつぐ》卿とその家来大沢掃部助《かもんのすけ》は、庶民の様々な揉め事に首を突っ込むが、事態はさらにややこしいことに。室町後期の京の世相を描いたユーモア時代小説。（清原康正）

い-61-4

岩井三四二
一手千両
なにわ堂島米合戦

堂島で仲買として相場を張る吉之介は、花魁と心中に見せかけ殺された幼馴染のかたきを討つため、凄腕・十文字屋に乾坤一擲の勝負を仕掛ける。丁々発止の頭脳戦を描いた経済時代小説。

い-61-5

（　）内は解説者。品切の節はご容赦下さい。

安部龍太郎
バサラ将軍
新旧の価値観入り乱れる室町の世を男達は如何に生きたか。足利義満の栄華と孤独を描いた表題作他「兄の横顔」「師直の恋」「狼藉なり」「知謀の淵」「アーリアが来た」を収録。（縄田一男）
あ-32-1

安部龍太郎
金沢城嵐の間
関ヶ原以後、新座衆の扱いに苦慮する加賀前田家で、家老の罠に落ちた武辺の男・太田但馬守。武士が腑抜けにされる世に、義を貫かんと死に赴く男たちの美学を描く作品集。（北上次郎）
あ-32-2

荒俣　宏
帝都幻談　（上下）
天保11年、江戸を妖怪どもが襲います。その危機に平田篤胤、遠山奉行らが立ち向かう。下巻では時代を嘉永6年に移し平田鉄胤と妻・おちょうが江戸を再び襲う化け物たちと対峙します。

あ-37-2

浅田次郎
壬生《みぶ》義《ぎ》士《し》伝《でん》　（上下）
「死にたぐねえから、人を斬るのす」——生活苦から南部藩を脱藩し、壬生《みぶ》浪と呼ばれた新選組の中にあって人の道を見失わなかった吉村貫一郎。その生涯と妻子の数奇な運命。（久世光彦）
あ-39-2

浅田次郎
輪違屋《わちがいや》糸里《いとさと》　（上下）
土方歳三を慕う京都・島原の芸妓・糸里は、芹沢鴨暗殺という、新選組の内部抗争に巻き込まれていく。大ベストセラー『壬生義士伝』に続き、女の〝義〟を描いた傑作長篇。（末國善己）
あ-39-6

浅田次郎
一刀斎夢録　（上下）
怒濤の幕末を生き延び、明治の世では警視庁の一員として西南戦争を戦った新選組三番隊長・斎藤一の眼を通して描き出される感動ドラマ。新選組三部作ついに完結！（山本兼一）
あ-39-12

あさのあつこ
燦　―3―　土の刃
「圭寿、死ね」。江戸の大名屋敷に暮らす田鶴藩の後嗣に、闇から男が襲いかかった。静寂を切り裂き、忍び寄る魔の手の正体は。そのとき伊月は、燦は。文庫オリジナル シリーズ第三弾。

あ-43-8

（　）内は解説者。品切の節はご容赦下さい。

あさのあつこ
燦　4　炎の刃
「闇神波は我らを根絶やしにする気だ」。江戸で男が次々と斬りつけられる中、燦は争う者の手触りを感じる。一方、伊月は圭寿の亡き兄の側室から面会を求められる。シリーズ第四弾。
あ-43-11

あさのあつこ
燦　5　氷の刃
表に立たざるをえなくなった田鶴藩の後嗣・圭寿、彼に寄り添う伊月、そして闇神波の生き残りと出会った燦。圭寿の亡き兄が寵愛した妖婦・静門院により、少年たちの関係にも変化が。
あ-43-14

あさのあつこ
火群《ほむら》のごとく
兄を殺された林弥は剣の稽古の日々を送るが、家老の息子・透馬と出会い、政争と陰謀に巻き込まれる。小舞藩を舞台に少年の友情と成長を描く、著者の新たな代表作。（北上次郎）
あ-43-12

秋山香乃《かの》
総司　炎《ほむら》の如く
新撰組最強の剣士といわれた沖田総司。芹沢鴨暗殺、池田屋事変など、幕末の京の町を疾走した、その短くも激しく燃焼し尽くした生涯を丹念な筆致で描いた新撰組三部作完結篇。
あ-44-3

梓澤　要
越前宰相秀康
徳川家康の次男として生まれながら、父に疎まれ、秀吉の養子に出された秀康。さらには関東の結城家に養子入りした彼はその後越前福井藩主として幕府を支える。（島内景二）
あ-63-1

青山文平
白樫の樹の下で
田沼意次の時代から清廉な松平定信の息苦しい時代への過渡期。いまだ人を斬ったことのない貧乏御家人が名刀を手にしたとき、何かが起きる。第18回松本清張賞受賞作。（島内景二）
あ-64-1

阿部智里
烏《からす》に単《ひとえ》は似合わない
八咫烏の一族が支配する世界「山内」。世継ぎの后選びを巡る有力貴族の姫君たちの争いに絡み様々な事件が……。史上最年少松本清張賞受賞作となった和製ファンタジー。（東　えりか）
あ-65-1